2 79 538

ein Ullstein Buch

W0335536

Vom selben Autor
in der Reihe der
Ullstein Bücher

Die Todesnadeln (1635)

Ullstein Buch Nr. 1647
im Verlag Ullstein GmbH,
Frankfurt/M – Berlin – Wien
Titel der amerikanischen
Originalausgabe:
The Brain Scavengers
Übersetzt von
Tilman Lichter

Erstmals in deutscher Sprache

im Verlag Ullstein GmbH,
Frankfurt/M – Berlin – Wien

Printed in Germany 1974
Gesamtherstellung:
Ebner, Ulm
ISBN 3 548 01647 2

Protoagent John Eagle

Die Gehirnverwerter

von Paul Edwards

ein Ullstein Buch

1

Es war ein grimmig kalter Januarmorgen in Moskau. Während der Nacht hatte frischer Schnee die Stadt mit Zucker überpudert, dem Sankt-Basilius-Dom frische, glitzernde Hauben aufgesetzt, und Straßen und Kioske weiß überzogen. Der Schnee machte das Schlittschuhlaufen auf der Moskwa zunichte und verhüllte die hohe, gotische Turmspitze des Außen- und Handelsministeriums.

Dr. Suthina Wotanja stand nackt am Fenster ihrer kleinen Wohnung an der Universität und betrachtete die winterliche Postkartenszenerie unter sich mit gemischten Gefühlen. Moskau war bisher immer ein erregendes Erlebnis für sie gewesen. Die große Stadt konnte, wie Puschkin gesagt hatte, das Herz eines Russen in Aufruhr versetzen.

Suthina Wotanja drehte sich mit einem hörbaren Seufzer vom Fenster weg. In ihrem Herzen war von Aufruhr nichts zu spüren. Sie fühlte sich so bleiern wie die düsteren, dunklen Wolken, die über der Stadt hingen. Als sie in das winzige Badezimmer ging, um zu duschen, kam ihr ein beunruhigender Gedanke; nur wenn sie sich völlig gehen ließ, konnte solch ein Gedanke bis in ihr Bewußtsein dringen – der Gedanke, daß sie vielleicht nicht *russisch* genug war!

Sie schob ihr langes, dunkles Haar unter die Badekappe und lächelte ein wenig grimmig, als sie sich vorstellte, was Kasimir für ein Gesicht machen würde, wenn er ahnte, was sie gerade dachte. Der Schock würde ihn seine gesamte korrekte militärische Haltung kosten. Es war kaum wahrscheinlich, aber vielleicht würde er sogar anfangen, sie zu verdächtigen. Als möglichen Überläufer. Denn Suthina war eigentlich gar keine Russin. Sie kam aus dem westlichen Kaukasus, ihr Vater war ein wilder Tscherkesse aus den Bergen, ihre Mutter ein wunderschönes albanisches Mädchen aus Montenegro gewesen. Dann, als das Kind neun Jahre alt war: Tod. Den Vater traf es als Partisan im Kampf gegen die Deutschen. Die Mutter, weil sie der Gestapo nicht sagen wollte, wo der Vater sich versteckt hielt.

Eine alte Tante nahm das Kind zurück in den Kaukasus. Später kam sie in Tiflis in die Schule. Sie war von Anfang an erstaunlich begabt. Mit vierzehn ein Wunderkind, mit sechzehn Universitätsabsolvent, mit dreiundzwanzig Doktor der Medizin mit den Fachgebieten Chirurgie und Psychiatrie. Mit vierundzwanzig führte sie ihre erste – und letzte – Lobotomie aus. Suthina erkannte, daß das Messer ihr nicht lag. Sie wandte sich mehr und mehr den Geisteskrankheiten zu. Jetzt, mit dreiunddreißig, war sie eine vibrierende, blühende Schönheit auf der Höhe ihrer physischen und geistigen Fähigkeiten. Sie war die führende Psychiaterin in ganz Rußland.

Und es war ihr nicht genug.

Kasimir, so dachte sie jetzt, während sie ihre festen Brüste einseifte, durfte nie wissen, daß es ihr nicht genügte. Kasimir glaubte daran, daß sie heiraten würden. Sie hatte es selber geglaubt, bis gestern nacht. Jetzt wußte sie, daß sie Kasimir *nicht* heiraten würde. Sie wollte mehr als das.

Als sie sich jetzt abseifte, berührte sie ihren Körper, wo Kasimir ihn gestern nacht berührt hatte, und sie spürte, wie Erregung in ihr aufstieg. Gestern nacht hatte sie sehr wenig gespürt. Sie duschte hastig fertig, stieg aus der Wanne – Masturbation hatte sie schon mit sechzehn aufgegeben – und begann, sich energisch abzutrocknen. Während sie sich einen Kaffee machte und sich langsam anzog, fragte sie sich verwundert, was gestern nacht schiefgegangen war.

Sie war zum erstenmal mit einem Mann zusammen gewesen. Wer hätte ihr das geglaubt? Sie konnte es selbst kaum verstehen. Sie war dreiunddreißig, und gestern nacht war sie zum erstenmal mit einem Mann zusammen gewesen. Sie war enttäuscht worden. Nicht von Kasimir, der technisch gesehen sicher fähig genug war. Nein, sie war von sich selbst enttäuscht. Nichts war geschehen. Sie hatte nichts gefühlt. Sie war erschreckt, sehr erschreckt.

Ohne ersichtlichen Grund begann ihre Tasse plötzlich nervös zu klirren. Sie zitterte. Ihre Augen fühlten sich heiß und geschwollen an, und sie wußte, daß sie den Tränen nahe war. Wie konnte sie nur so dumm sein! Am Höhepunkt ihrer Karriere – die außergewöhnliche Ehre und Verantwortung als Leiterin der OPERATION BERGUNG –, und hier saß sie und weinte, weil sie nicht liebte! Sie wurde geliebt. Kasimir liebte sie wirklich. Sie war sich ganz sicher. Und doch war das nicht genug: *Sie* liebte nicht.

Sie setzte ihre Kaffeetasse ab und ging ins Badezimmer zurück, um ihr Make-up aufzufrischen. Sie erinnerte sich, daß ihr Vater einmal gesagt hatte: »Eine Frau ohne Liebe im Herzen ist wie eine Bergquelle ohne Wasser.«

Aber warum jetzt? Sie malte sich mit einem amerikanischen Lippenstift aus dem GUM leicht die Lippen an und dachte wütend: Warum muß ich mich gerade jetzt daran erinnern, daß ich zuerst eine Frau und erst in zweiter Linie Wissenschaftlerin bin? Gerade, wenn alles so gut geht. Wenn BERGUNG anfängt, wirkliche Ergebnisse zu zeigen; wenn alles so glatt läuft, und wir die Gehirne haben und die Menschen. Die Resultate waren aufsehenerregend. Der Kreml ist zufrieden. Kasimir ist zufrieden. Alle sind zufrieden. Außer mir. Außer Dr. Suthina Wotanja, die für all diese Erfolge verantwortlich ist. In ihrem entlegenen, sibirischen Versteck, umgeben von Gehirnen, lebenden, toten und noch nicht ganz toten, leistete sie die wichtigste Arbeit, die in Rußland zu tun war. Sie sollte glücklich und lebendig, wach und voller Tatendrang sein, und voller Stolz über das, was sie erreicht hatte. Aber es gelang ihr nicht. Sie fühlte sich elend.

Sie würde vorsichtig sein müssen, dachte sie, während sie die Treppen hinunterging. Sie durfte niemanden, schon gar nicht Kasimir, wissen lassen, was sie wirklich fühlte. Sie nahm die Metro bis zum Kreml. Als sie in die bittere, naßkalte Luft hinaufstieg, ertappte sie sich bei dem absurden Gedanken, ob Kasimir wohl gestern nacht von ihr enttäuscht gewesen war. Er hatte nicht so ausgesehen, aber sie schließlich auch nicht. Kasimir wollte sie heiraten, weil er sie liebte, oder wenigstens glaubte sie zu lieben. Eigentlich war er mehr in ihren Körper und in ihre Stellung, ihren Erfolg verliebt. Er konnte nicht sie selbst lieben – weil er sie gar nicht kannte.

Wieder ermahnte sie sich zur Vorsicht. Sie mußte sehr auf der Hut sein. Kasimir war in vieler Hinsicht ein lieber Mensch, aber er war jetzt verliebt und nicht mehr ein wirklicher Freund. Er würde sie heiraten, ja. Aber wenn er eine Ahnung davon hätte, wie sie wirklich war, würde er sie ebenso sicher bei der Geheimpolizei denunzieren.

»Liebling«, sagte Kasimir Rabin, »ich bin froh, daß du auch ein bißchen zu spät kommst. Ich hatte heute morgen Schwierigkeiten mit dem Aufstehen. Und ich habe meinen Tee noch nicht getrunken, was mich gewöhnlich außerordentlich mißgelaunt macht. Aber heute nicht. Ich brauche dir sicher nicht zu sagen, warum.«

Er war hinter ihr die verschneite Straße entlang gekommen.

Hochgewachsen, breitschultrig und jeder Zoll ein guter Soldat. Makellos in der elegant geschnittenen Uniform eines Generaloberstenten der Artillerie, obwohl er zur Zeit dem Planungsstab zugeteilt war.

Er nahm ihren Arm und half ihr die vereisten Stufen des dreigeschossigen weißen Hauses hinauf, das die kopfsteingepflasterte Sackgasse abschloß. Neben der Tür hing ein verblichenes Schild: *Verwaltungsabteilung Nordmeer-Route.* Noch Stalin hatte die Dienststelle eingerichtet, und das Schild war nie gewechselt worden, obwohl die Pflichten und Aufgaben der dort Beschäftigten eine ganze Reihe politischer und militärischer Veränderungen durchlaufen hatten.

Kasimir Rabin lächelte, und sie konnte die Erinnerung in seinen grauen Augen sehen. Suthina war eine echte Eva. Sie lächelte Kasimir zu und ließ ihn trotzdem nicht in ihre Augen sehen. Sie hatte mit ihm geschlafen, aber sie würde ihn nicht heiraten. Was jetzt vor ihr lag, war das Problem der Loslösung; es mußte mit einem Minimum an Gefahr und bösen Gefühlen abgewickelt werden. Wie schrecklich, dachte sie, wie unsinnig, daß so persönliche Dinge in den politischen und bürokratischen Alltag hineingezogen werden mußten.

Sie gingen hinunter in Kasimirs winziges Büro im Tiefkeller. Er ließ ihr Kaffee bringen und machte sich selbst starken schwarzen Tee in einem Samowar. Dann setzte er sie in einen Ledersessel und zog sich hinter seinen Schreibtisch zurück. Er schaltete kommentarlos ein Tonbandgerät ein und lächelte ihr zu. »Und wie geht es Oberst Sarkoff? Fühlt er sich wohl in Sibirien?«

Suthina schnitt ein Gesicht und zwirbelte einen unsichtbaren Schnurrbart. »Grimmig«, sagte sie. »Sehr grimmig.« Sarkoff unterstand der militärische Teil ihrer *Akademgorodki.* Sie nannten es eine akademische Stadt, obwohl sie mit den anderen Städten, die in Sibirien gebaut wurden, nicht das geringste gemein hatte.

»Wir kommen sehr gut miteinander aus«, erzählte sie Kasimir. »Er versteht nicht ganz, was vor sich geht, und vielleicht ist das auch gut so. Er tut seine Pflicht. Wir tun die unsere. Bisher haben wir keinerlei Schwierigkeiten gehabt. Alles läuft glatt. Wir haben es selbstverständlich nicht anders erwartet. Warum auch?«

Kasimir erwiderte ihr halbes Lächeln nicht. Sein Gesicht war ernst, als er ein Stück Papier aus dem Drahtkorb auf seinem

Schreibtisch nahm und überflog. Er räusperte sich bedeutungsvoll.

»Wie du schon gesagt hast, Suthina, alles läuft glatt, und es gibt sicherlich keinen Grund zur Besorgnis. Und doch müssen wir immer auf der Hut sein.« Er klopfte mit seinem sorgfältig manikürten Finger auf das Papier. »Ich habe hier einen Bericht unserer Gegenspionage.« Kasimir hielt einen Moment inne. Er sah müde und angewidert aus. »Ich entnehme diesem Amtschinesisch hier, daß unsere *Sosedi* möchten, daß wir eine Weile Schluß machen. Mindestens ein Jahr lang keine Entführungen mehr. Sie scheinen zu denken, daß wir zuviel des Guten getan haben oder noch tun werden, wenn sie uns nicht bremsen. Soweit ich dieses Geschwätz hier entziffern kann, wirst du eine Weile mit dem zufrieden sein müssen, was du hast. Vielleicht lange. Es hat bisher noch keine Reaktion gegeben, aber man scheint eine zu erwarten.«

»Vielleicht sind sie übervorsichtig?«

»Übervorsichtig oder nicht«, sagte Kasimir, »wir müssen uns damit abfinden. Du mußt mit dem zufrieden sein, was du hast. Jedenfalls für jetzt. Das sollte dir nicht allzu schwer fallen, oder? Wenn man die letzten drei mitrechnet, solltest du jetzt gut bestückt sein.«

Die letzten drei:

Homer Benning, theoretische Genetik, entführt aus einem Pflegeheim bei Laguna in Kalifornien.

Robert Lewis, Kybernetiker, entführt aus einem Privatsanatorium in New York.

Henry Lee Pridwell, Psychoneuropharmakologe, entführt aus einem Krankenhaus bei Indianapolis, Indiana.

Einen Moment lang hing Suthina ihren Gedanken nach. Sie freute sich schon darauf, mit Pridwell zu arbeiten. Falls sie ihn aus dem Wahnsinn zurückbringen konnte, wäre das bei ihm ganz besonders lohnenswert. Die Situation war nicht ohne Ironie. Henry Lee Pridwell, der Amerikaner, arbeitete – hatte gearbeitet, bevor sein Geist sich verdunkelte – auf demselben Spezialgebiet wie sie. Psychoneuropharmakologie. Sie hatte mit ihren neuen Methoden Wunder vollbracht, hatte das Unmögliche möglich gemacht. Heilmethoden, die nur sie und ihre kleine Belegschaft in Sibirien – und die Nachwelt – jemals kennen würden.

Die Nachwelt, so sagte sie sich jetzt, war nicht genug.

Kasimir brachte sie in die Gegenwart seines grauen kleinen Büros zurück. Er starrte auf ein Bündel maschinengeschriebener Blätter.

»Eine Frage vom Vorsitzenden persönlich, Suthina! Du siehst, wie wichtig du bist. Er hat sehr großes Interesse an Phase zwei. Möchte einen detaillierten Bericht.«

Suthina hatte damit gerechnet und die Antworten schon auf der Zunge.

»Im Augenblick haben wir sechs lebende Gehirne. Sie leben in einer Lösung aus Salzwasser und Plasma – es ist komplizierter als das, aber für den Genossen Parteichef sollte es genügen –, und ich kann keine verläßlichen Voraussagen über ihre Lebenserwartung machen. Morgen schon können sie alle tot sein. Im vergangenen Monat verloren wir in einer einzigen Woche drei Gehirne. Aber von den sechs Gehirnen, die noch am Leben sind, leben drei jetzt schon über sechs Monate. Drei alte Gehirne, eins mittleren Alters, zwei ziemlich junge. Alles wissenschaftliche Gehirne in unterschiedlichen Entwicklungsstadien.«

Kasimir hob den Bleistift, mit dem er ihren Bericht mitgeschrieben hatte. »Alles natürliche Todesfälle, nicht wahr?«

»Ja.« Sie erzählte es ihm. Er schrieb mit. Alles natürliche Todesfälle. Alles Russen. Russen, die bei der Erfüllung ihrer Pflicht gestorben waren, und deren Gehirne Rußland vielleicht weiter dienen würden.

Kasimir legte den Stift zur Seite. Er lächelte sie kurz an. »Du verstehst natürlich? Es ist sein Hobby. Er liest die Berichte zur Entspannung.«

Sie nickte. In Kreml-Kreisen wußte jeder, daß der Vorsitzende gern Science-fiction las.

»Er wird enttäuscht sein«, lachte sie jetzt, »wenn er erwartet, daß wir mit den Gehirnen Verbindung aufnehmen. Wir drehen keinen Film und schreiben auch keinen Roman. Alles, was wir bisher unter unvorstellbaren Schwierigkeiten geschafft haben, ist, die Gehirnzellen am Leben zu erhalten. Das ist schon für sich eine außerordentliche Leistung, Kasimir. Sag ihm das von mir.«

Er nickte und lehnte sich dann über den Schreibtisch. »Aber du hast einen Anfang gemacht. Wer weiß? Vielleicht in der Zukunft, in fünfzig oder hundert Jahren. Wer weiß?«

Wie alle Wissenschaftler war Suthina ein Realist. Sie nickte ohne große Überzeugung. »Vielleicht. Aber was im Moment am wichtigsten und erfolgversprechendsten ist, ist OPERATION BERGUNG. Wir machen gute Fortschritte – bringen angeschlagene Wissenschaftler zurück und setzen sie wieder instand. Wir erziehen sie um und benutzen sie für unsere eigenen Zwecke.«

Sie sprachen noch eine halbe Stunde lang. Dann machte Suthina sich fertig zu gehen. »Ich muß in zwei Tagen zurück in Irkutsk sein und habe noch einiges zu erledigen, bevor ich abreise. Das will ich heute nachmittag machen und dann am Abend fliegen. Also sage ich dir schon jetzt auf Wiedersehen, Kasimir.«

Der Regierungsbeamte verschwand und der Geliebte kam zum Vorschein. Er trat um den Schreibtisch und preßte sie an sich. Er küßte sie und faßte durch den dünnen Stoff ihrer Bluse nach ihren Brüsten. Sie fühlte sich weder abgestoßen, noch erwiderte sie seine Gefühle. Es war, wie sie sich realistisch vor Augen hielt, nicht mehr als das, was sie für ihre Dummheit verdiente. Noch während er sie küßte und befingerte, versprach sie sich, die langen arktischen Nächte, die vor ihr lagen, gut zu nutzen – sie mußte sich Klarheit verschaffen. Sie mußte erkennen, wer sie war und was sie sein wollte.

Kasimir sagte ihr Lebewohl. An der Tür sah sie zurück. Er richtete sich vor dem kleinen Wandspiegel die Krawatte.

Erst als sie wieder draußen in der eisigen Luft auf den Eingang zur U-Bahn zuging, erlaubte sich Suthina ihren ersten vollen, tiefen Atemzug.

Kasimir Rabin saß hinter seinem Schreibtisch und zwang sich, nicht mehr an Suthina zu denken. Es gab, wie sie gesagt hatte, viel zu tun.

Er zündete sich eine Zigarette an und dachte über OPERATION BERGUNG nach. Sie waren, so kam es ihm vor, ein wenig wie Lumpensammler! Gehirnverwerter. Machten sozusagen neue Gehirne aus alten, unbrauchbaren.

Bis jetzt war alles so leicht gegangen. Es war ein Symptom dessen, was die Amerikaner ihre Überflußgesellschaft nannten. Wenn alte Gehirne sich abnutzten, wenn etwas mit ihnen nicht mehr stimmte, dann taten sie drüben nicht viel, um sie wiederherzustellen. Es gab ständig genügend neue junge Gehirne.

Kasimir seufzte. Sie hatten so viele, die Amerikaner und Engländer! Obwohl jetzt, wenn man den Berichten glauben konnte, die Yankees schon anfingen, von den Engländern zu stehlen.

Es fiel nicht ins Gewicht. Der Westen besaß immer noch einen Überfluß an Gehirnen. So groß, daß sie selbst Spitzenkräfte, die ein wenig verrückt wurden oder einen Nervenzusammenbruch hatten, irgendwo hinsteckten, wo es hübsch und ruhig war, und sie vergaßen.

Nachlässige Sicherungsmaßnahmen. Vergessene Männer. Es war so leicht, sie zu entführen. Sie lösten sich einfach in Luft auf und tauchten dann in Sibirien wieder auf. Noch immer geisteskrank natürlich, aber das war Suthinas Aufgabe. Sie sollte sie aus dem Wahnsinn zurückbringen, aus der dunklen Hölle der Geisteskrankheit. Sie sollte sie retten und wieder arbeiten lassen – für Rußland.

Und doch nagte ein winziger Wurm des Unbehagens an ihm. Er nahm eine Liste aus dem Schubfach und las sie durch. Dreizehn Gehirne in drei Jahren. Dreizehn der brillantesten Wissenschaftler des Westens aus den verschiedensten Fachgebieten waren in den letzten drei Jahren entführt worden, und bisher war es zu keiner Reaktion gekommen. Bei den Engländern mochte das noch verständlich sein. Nur zwei Männer waren Engländer gewesen.

Aber die Amerikaner? Warum hatten sie noch nicht reagiert? Sie mußten wissen, daß irgend etwas Seltsames vor sich ging. Oder doch jedenfalls den Verdacht haben. Man durfte sie nicht unterschätzen.

Generaloberst Kasimir Rabin hatte das plötzliche Gefühl, daß irgendwie, irgendwo, der bisher so ungestörte Verlauf der OPERATION BERGUNG knirschend zum Halten kam.

2

Oberstleutnant Robert N. Webb, USAF, hätte unmöglich voraussehen können, was ihn an diesem Tag erwartete. Es begann wie jeder andere Tag, ein Routine-Tag, der ihn dem Ende seiner Dienstzeit in Alaska vierundzwanzig Stunden näher brachte. In der Nacht zuvor hatte es ein spektakuläres Nordlicht mit der zugehörigen magnetischen Störung gegeben. Das war so alltäglich, daß Bob Webb keinen bewußten Gedanken daran verschwendete. Damit hatte er nichts zu tun. Die Maschinen, die Kompasse, würden neutralisiert werden müssen.

Weder Webb noch Sergeant Dermott dachten daran, daß die Scorpion, eine alte F-89, dabei übersehen worden war. Die Maschine war seit langem veraltet und auf geheimnisvolle Weise aus dem T/O verschwunden. In Wirklichkeit war sie für den Privatgebrauch verschiedener höherer Offiziere »organisiert« worden. Sie war genau richtig, um damit benachbarte Flugplätze zu besuchen oder ab und zu nach Nome oder Anchorage zu fliegen. Sie stand in ihrem eigenen Schuppen, immer tadellos blank, mit rotsilbernen Streifen und längst durch die Entfernung ihrer Bordwaffen kastriert.

Unter anderem wurde die alte F-89 zur Heilung einer Krankheit benutzt, die sich »akute Podex-Paralyse« nannte. Oder anders ausgedrückt: »Wenn ich meinen fetten Arsch nicht endlich aus diesem Bürostuhl bekomme, dann platzt mir der Kragen!«

Bob Webb war fast fünfzig. Es schien ihm manchmal, als säße er nun schon seit Ewigkeiten hinter einem Schreibtisch. Für einen alten Kampfflieger – und er war einer der besten gewesen – war es nicht leicht, seine Zeit am Schreibtisch abzudienen. Und sooft er die Möglichkeit dazu hatte, klemmte er sich in die alte Scorpion und durchlebte noch einmal für kurze Zeit die glorreiche Vergangenheit.

An diesem Tag war sein Ausgangsfach leer. Ein oder zwei Blättchen lagen im Eingangsfach, aber es gelang ihm, sie zu ignorieren. Er rief Sergeant Dermott an und ließ die alte Scorpion startbereit machen. Ein paar Minuten später jagte er fröhlich mit neunhundert Stundenkilometern über die Beringstraße. Er rief Little Diomede wegen des Wetterberichts. Ein Schlechtwettergebiet war im Anzug. Kein Grund zur Sorge. Er würde wieder im Stützpunkt sein, bevor es losging.

Einige Minuten später rief er seinen Heimatstützpunkt, Devil Mountain, und bekam denselben Bericht. Aufkommender schwerer Nebel. Stürmische Winde aus Nord innerhalb von Stunden zu erwarten.

Er hatte zwei zusätzliche Tragflächentanks voll Brennstoff. So weit, so gut. Er stieg über das Wetter, auf die Beringstraße zu, und ließ die Scorpion nach Südwesten auf die St. Lawrence-Insel zurasen. Er wollte nur kurz am Gambell Cape vorbei und dann wieder zurück zum Stützpunkt. Er behielt den Kreiselkompaß und die zitternde Nadel des DF-Geräts wachsam im Auge. Er empfing den Devil-Mountain-Leitstrahl jetzt nicht mehr, und das war seltsam, aber es machte ihm kaum Sorgen. Das Wetter spielte einem hier oben am Rande der Arktis alle möglichen Streiche.

Die Nordwestspitze Gambells kam unter seiner linken Tragfläche in Sicht. Ich roste schon ein, dachte er. Saumäßige Navigation. Das hatte man davon, wenn man dauernd hinterm Schreibtisch sitzt. Vor ein paar Jahren hätte ich es noch haargenau getroffen.

Er kreiste, tauchte mit heulender Düse auf das winzige Flugfeld des Kaps hinunter und flog wieder die Beringstraße zurück. Seine Laune hatte sich verschlechtert. Er fühlte sich so trübe wie die endlosen Eisschollen unter seiner Maschine.

Mach dir nichts vor, Alter, du verkalkst. Die Jugend ist dahin, die Reflexe sind nicht mehr, was sie waren. Übrig bleibt nur ein fettsteißiger Schreibtischhengst. Noch ein paar Jahre hinter dem Mahagoni, und dann in den Mülleimer. Pension.

Der Oberstleutnant lächelte. Vielleicht war das gar nicht schlecht. Passiert schließlich jedem von uns. Warum dagegen ankämpfen? Er hatte Louise und Bob junior. Er hatte die Farm in Maryland, die jetzt schon fast bezahlt war. Er hatte ein paar reinrassige Pferde und sparte, um sich mehr Vieh kaufen zu können und ... Bei neunhundert Stundenkilometern kann ein Pilot unglaublich schnell in Schwierigkeiten kommen. Bob Webb beobachtete mit bleiernem Herzen, wie die Kompaßnadeln sich drehten, zitterten und übergeschnappt kreiselten, und er wußte, daß irgendwas verdammt faul war. Vielleicht schlimm. Das Schlimmste.

Die Beringstraße, das weiß jeder Schuljunge, ist eine enge Wasserstraße, die die Vereinigten Staaten von der Sowjetunion trennt. Beide Seiten überwachen sie argwöhnisch. Die winzigen Maschinen fliegen über Tausende von Quadratkilometern eisiger Einöde und gehen einander meist aus dem Wege. Gelegentlich kommt es zu einem Zusammenstoß. Manchmal erscheint ein Bericht darüber in der Öffentlichkeit, meist jedoch nicht. Auch die Zusammenstöße sind schon Routine geworden, nur noch ein Teil des unendlich komplexen Verteidigungssystems, das jede Seite aufgebaut hat: die Patrouillen, die DEW-Linien und ihre sowjetischen Gegenstücke, die unterirdischen Raketenbasen, Raketenwarnanlagen und die Anti-Raketen-Raketen.

Argwohn ist das Schlüsselwort.

Der Oberstleutnant verlor nicht den Kopf. Er überprüfte seinen Brennstoffvorrat. Für die nächsten Minuten in Ordnung. Die Kompasse waren jetzt ruhiger, obwohl sie immer noch leicht zitterten. Er versuchte, den Devil-Mountain-Stützpunkt zu erreichen, hörte aber nur das Rauschen der Statik. Er suchte nach dem Leitstrahl. Ebenfalls vergeblich. Schließlich hörte er das schwache Piepsen von Little Diomede, und als er sah, was sein RDF anzeigte, sank ihm das Herz. Der Kompaß log wie eine Hure! Er hatte jetzt aufgehört zu zittern, stand ruhig – und log. Nach dem Kompaß hätte er jetzt Richtung Stützpunkt fliegen sollen, aber der Leitstrahl fehlte. Er konnte Devil Mountain nicht hören. Jetzt war sogar Little Diomede verstummt. Man konnte dem Wetter und der Statik einiges zuschieben, aber nicht alles. Er flog den falschen Kurs. Mit neunhundert Stundenkilometern!

Denk schnell, Oberstleutnant Webb!

Er stellte ein paar blitzschnelle Berechnungen an. Bestimmt hatte er bereits die Datumsgrenze überflogen, die die Beringstraße durchschnitt. Zu Hause auf dem Stützpunkt war es Mittwoch, aber er flog jetzt im Donnerstag, irgendwo über der sibirischen Halbinsel, die zwischen Chukchi und Beringsee vorsprang.

Er flog durch dunkelblauen Raum. Keine Spur Sonne am Horizont. Unter ihm, weit unten, eine See aus gekräuselten Wolken. Webb verfluchte seine Kompasse und Sergeant Dermott und das Nordlicht – er wußte jetzt, daß die Scorpion nicht neutralisiert worden war – mit einem Wortreichtum, der nur einem alten Soldaten zur Verfügung steht.

Er dachte nicht daran, sich über die Tatsache Sorge zu machen, daß dies ein unautorisierter Flug in einer Maschine war, die in den Akten der Air Force gar nicht existierte. Im Moment hatte er andere Sorgen.

Genau sechs. Sie kamen von links unten und flogen in einer V-förmigen Staffel. Webb erkannte die Silhouetten sofort: neue arktische MIGs. Der Iwan hatte ihn auf dem Radarschirm entdeckt und reagierte blitzschnell.

Webb hatte keine Sekunde zu verlieren. Moderne Düsenjäger schließen entsetzlich schnell auf. Webb schob den Knüppel nach vorn und heulte auf die Wolkendecke zu. Das Wichtigste zuerst. Wenn er diesen MIGs nicht entkam, brauchte er sich über den Rückweg in den Mittwoch keine Sorgen mehr zu machen. Dafür würden ihre Maschinengewehre und Kanonen schon sorgen. Er erwartete keine Gnade und wußte, daß er auch keine bekommen würde. Ganz egal, was man zu Hause glaubte, verirrte Maschinen wurden abgeschossen und vergessen.

Als er in die Wolkendecke tauchte, sah er, wie eine der MIGs eine Rakete abfeuerte. Er bemerkte es nur für den Bruchteil einer Sekunde aus den Augenwinkeln, aber er wußte, was es bedeutete, und der Schweiß fror ihm unter der Maske. Der altvertraute Terror kroch ihm in die Eingeweide. Man gewöhnte sich nie daran. Diese gottverdammte Rakete besaß einen Infrarot-Sucher und hatte es auf seinen Rückstrahl abgesehen. Sie wollte ihm im wahrsten Sinne des Wortes in den Arsch kriechen und ihn in Fetzen reißen. Er wartete, die Finger um den Knüppel gekrallt. Es gab nichts, was er tun konnte. Wenn der Bastard ihn fand, war alles aus ...

Nichts. Bob Webb brachte ein Grinsen zustande. Vorbeigeschossen. Der russische Pilot hatte die Rakete zu früh abgefeuert, als er ihn auf die Wolken zujagen sah. Jetzt hatten sie ihn verloren.

Er überprüfte den Brennstoff. Das sah nicht gut aus. Vielleicht konnte er es gerade noch zurück schaffen – wenn er nur gewußt hätte, wo »Zurück« lag.

Webb begann einen Kurs zu fliegen, der seiner Kompaßanzeige genau entgegengesetzt lag. Das war alles, was er tun konnte. Seine einzige Chance. Wenn er genau gegen die verlogenen Instrumente flog, hatte er vielleicht Glück.

Der Maschine ging der Sprit aus. Sie verlor Schub und begann, wie ein Stein in das Wolkenmeer zu sinken. Webb reagierte automatisch – so etwas passierte ihm nicht zum erstenmal, obwohl es leicht das letztemal sein konnte –, er warf die Tragflächentanks ab und fuhr die Klappen aus, ohne zu denken. Er war immer noch in den Wolken. Er wußte nicht, was unter ihm lag, obwohl ein paar blitzschnelle Gedanken durch seinen Kopf jagten, während er abwärts segelte.

Wenn er sich über der Tundra des Küstengebiets befand, konnte er die Scorpion vielleicht heil hinunterbringen. Er würde aber sicher früher oder später von einer russischen Patrouille gefunden werden. Sie würden wissen, daß er unten war, und nach ihm suchen. Andererseits konnte er ihnen vielleicht wochenlang aus dem

Weg gehen, wenn er weiter im Binnenland, auf dem Eis und Schnee landete. Falls er überlebte.

Vielleicht kam der Rettungsdienst bis zu ihm durch und holte ihn heraus, wenn er lebend herunterkam und einen Funkspruch losschicken konnte. Eine Menge »Wenns«. Im Moment war das größte »Wenn«: zu überleben.

Überleben!

Das waidwunde Flugzeug segelte aus den Wolken heraus. Es glitt bereits über Eis, kaum fünfzehn Meter unter ihm. Hier gab es keine Tundra. Er war weit im Binnenland. Die Maschine sank, ein Gefühl, als säße er in einem fallenden Aufzug. Webb bediente sämtliche Schalter. Sie begann jetzt zu stottern. Ein schlaffes, lebloses Ding auf dem Weg zum Selbstmord. Er redete ihr gut zu, schmeichelte ihr, versuchte, das letzte Gramm Auftrieb aus ihren kurzen Stummelflügeln herauszuholen und sie in einer Bauchlandung hinunterzubringen, die ihn mit Glück, mit sehr viel Glück, nicht in Stücke reißen würde.

Die Scorpion sank auf ein riesiges Meer aus Eis zu, das kreuz und quer von wandernden Druckfalten durchzogen war. Eiswogen, seit Ewigkeiten gefroren, gewölbt und hochaufgerichtet und niemals zum Brechen gekommen. Der Pilot betete hörbar durch verzerrte Lippen. Er holte das Letzte aus der Maschine heraus, hob sie, rutschte über eine letzte eisige Woge hinweg und in die weite Mulde dahinter.

Das tapfere alte Flugzeug schaffte es. Es verlor eine Tragfläche an einer Eisklippe und krachte dann bäuchlings auf relativ ebenes Eis. Die Maschine drehte sich wie ein Kreisel, ihr Metall kreischte und qualmte, als sie sich eine Furche durch die Eishügel glühte. Ihr Boden riß heraus. Sie krachte seitwärts in die Eisbarriere auf der anderen Seite, brach die zweite Tragfläche und kam endlich zitternd zum Stehen. Der Oberstleutnant atmete wieder und löste die Sitzgurte. Außer einer fingerlangen Platzwunde auf der Stirn war ihm nichts passiert. Er wußte, daß er höllisches Glück gehabt hatte.

Von wegen, dachte er, Glück! Fünf- oder sechshundert Kilometer tief in Sibirien, so verloren, wie man nur sein kann, aber Glück. Er saß ziemlich tief in der Patsche. Aber was machte das schon? Er würde schon wieder herauskommen. Bisher war es ihm noch immer gelungen.

Dann zwang er sich zu einer realistischen Lagebeurteilung. Er war irgendwo im russischen Sibirien, und das machte die Sache bei Gott nicht einfacher. Er hatte seine Überlebensausrüstung und wußte, was man damit machte – hatte sämtliche Kurse absolviert –, aber er wußte, daß er ein toter Mann war, wenn nicht entweder seine eigenen Leute, die Russen oder die Eskimos ihn binnen drei oder vier Tagen fanden.

Webb versuchte das Funkgerät der Maschine. Er konnte empfangen, aber nicht senden. Das war nicht notwendigerweise verhängnisvoll. Er hatte noch das Notgerät mit Handkurbel.

Er öffnete eine Brennstoffkonserve und machte sich heißen Tee und heiße Suppe. Er rauchte eine Zigarette und versuchte, alles langsam und bedächtig zu tun. Vielleicht mußte er lange Zeit hier aushalten.

Er holte den Handkurbelsender heraus und befestigte einen Draht an der Antenne der Maschine. Das Gerät war für Einmann-Betrieb gebaut, man kurbelte mit einer Hand und sendete mit der anderen. Er steckte den Stecker ein und begann zu kurbeln. Es erinnerte ihn an den alten Ford Modell T, den er als Junge besessen hatte. Er hatte ihn eines Tages mit falsch eingestellter Zündung angekurbelt, und der verdammte Karren hatte ihm fast den Arm gebrochen.

Webb wiederholte die Prozedur ein halbes dutzendmal, bevor er eine Pause machte. Er konnte senden, aber nicht empfangen. Der Stützpunkt würde ohnehin nicht antworten, bevor sie ihn angepeilt hatten. Das war das Wichtigste – die Peilung! Die Peilung konnte ihn retten, wenn er überhaupt zu retten war.

Webb benutzte den verschlüsselten Notlandungskode. Wenn der Stützpunkt antwortete, würden sie denselben Kode benutzen. Der Iwan mußte ihn auch hören, würde sich aber keinen Reim darauf machen können. Das Dumme war nur, daß der Russe anhand des Funkspruchs ebenso leicht eine Peilung machen konnte wie sein Stützpunkt. Und wenn sie ihn angepeilt hatten, dann wußten sie ungefähr, wo er war. Dann war es nur noch eine Frage, wer ihn zuerst fand – der Rettungsdienst oder die Russen.

Sein Stützpunkt würde wahrscheinlich ein paar F-5 für eine schnelle Suchaktion riskieren. Sie waren schneller als die MIGs und konnten ein Gefecht vermeiden. Zeit war das Wesentlichste. Er würde auf das Donnern der F-5 warten müssen, sich ausrechnen, wann sie ihn vermißt hatten, wann sie zurückkommen würden, und dann seine Leuchtkugeln genau im richtigen Moment abschießen. Falls die F-5 sie sahen, war er schon halb zu Hause. Die F-5 konnten seine Position ganz genau orten und zurückfunken. Dann würde das Warten von neuem beginnen.

Das Warten entweder auf die Skikopter oder auf die kleine Ski-Cressna. Je nach Entfernung würde der eine oder die andere kommen, um ihn herauszuholen. Vielleicht. Wenn er Glück hatte. Die Russen, die sich bestimmt keine Bewegung entgehen ließen, würden versuchen, zuerst da zu sein.

Bob Webb holte die Signalpistole heraus und überprüfte die Leuchtkugeln. Er zündete sich noch eine Zigarette an und drehte am Empfänger, um vielleicht doch ein Signal seines Stützpunkts zu finden. Er fühlte sich plötzlich überwältigend einsam.

Webb knurrte sauer. Das verdammte Ding funktionierte, aber er konnte den Stützpunkt nicht hören.

Halt mal! Er drehte den Knopf zurück und versuchte, das schwer faßbare kleine Piepsen zu fangen, versuchte, das *squiek-squiek-squieketi-squiek* einer Morsetaste zu isolieren und hereinzuholen. Das war *nicht* der Stützpunkt, ganz sicher. Da sendete kein Professioneller – der Sender stammelte unsicher, brachte Buchstaben und ganze Sätze durcheinander.

Webb nahm Bleistift und Block und begann, den schwachen, unsteten Strom von Morsebuchstaben niederzuschreiben, der zu ihm in die Kanzel drang. Während er schrieb, wandelte sich sein Gesichtsausdruck von gelinder Verwunderung zu bassem Erstaunen. Das Ganze ergab überhaupt keinen Sinn. Wer sendete dieses Gestammel und warum? War er auf irgendeinen Irren gestoßen? Einen sibirischen Irren? Der Oberstleutnant schnitt eine Grimasse und schrieb weiter. Es schien nie aufzuhören. Er hatte den Trick bald heraus. Der Sender, wer immer das sein mochte, gab ständig dieselbe Nachricht durch. In englisch, deutsch und französisch:

... --- ... ... --- ... ... --- ...
S O S S O S S O S

Ach du meine Güte, dachte Webb, während er weiterschrieb. SOS! Das war ein alter, längst überholter Notruf. Er war früher Funker gewesen und mußte es wissen. Die Opas hatten SOS so um 1912 benutzt.

SOS – Save Our Souls.

Er überhörte ein paar Worte, weil der Sender so unbeholfen war, und wartete geduldig, bis die Nachricht wieder auf englisch durchkam:

SOS – SOS – Ich bin nicht tot. Ich bin nicht begraben. Ich bin nicht wahnsinnig. Ich lebe. SOS – SOS – Ich bin zur vollen Zusammenarbeit bereit. – Bedingungslos. SOS – SOS – Ich bin nicht tot. Ich bin nicht begraben. Ich lebe. Rasputin der Zweite – Rasputin der Zweite – Rasputin der Zweite.

Das war das Ende der Nachricht. Einen Moment lang Stille, dann begann der geheimnisvolle Sender dieselbe Nachricht in französisch zu senden. Webb ließ den Bleistift sinken. Er las die Nachricht wieder und wieder.

Rasputin der Zweite? Er hatte natürlich von dem verrückten russischen Mönch gehört, aber der war doch längst gestorben. Oder getötet worden. So ähnlich jedenfalls.

Plötzlich mußte Oberstleutnant Webb lachen. Er konnte einfach nicht anders. Hier saß er, so tief in der Klemme, wie man nur sein konnte, die Chancen tausend zu eins gegen ihn, und er bekam Botschaften von einem Toten!

Aber warte mal. Das war Rasputin der Erste gewesen. Dieser hier sagte, er sei Rasputin der Zweite. Außerdem behauptete er, am Leben und nicht verrückt zu sein.

Bob Webb brüllte vor Lachen. Er wußte, es war teils Angst, teils Hysterie, und teils diese verrückte Nachricht. Er konnte sich einfach nicht beherrschen. Er lachte und lachte und lachte.

Und inmitten der Lachstürme fand er noch die Zeit, sich zu fragen, ob die Russen Sibirien jetzt als gigantisches Irrenhaus benutzten.

3

SOS – SOS – Ich bin nicht tot. Ich bin nicht begraben. Ich bin nicht wahnsinnig. Ich lebe. SOS – SOS – Ich bin zur vollen Zusammenarbeit bereit – Bedingungslos. SOS – SOS – Ich bin nicht tot. Ich bin nicht begraben. Ich bin nicht wahnsinnig. Ich lebe. Rasputin der Zweite – Rasputin der Zweite – Rasputin der Zweite.

Mr. Merlin seufzte. Er legte das dünne Stück Papier zurück auf die spiegelnde Platte seines antiken venezianischen Schreibtischs. In den letzten drei Wochen hatte er diese Nachricht mindestens tausendmal gelesen. Aber sie ergab immer noch nicht viel Sinn. Ein wenig vielleicht, wenn man von einigen Prämissen ausging, die ihrerseits wiederum zu weit hergeholt schienen, um sich zu ihnen zu bekennen. Jedenfalls im gegenwärtigen Stadium. Und nicht ohne wirklich stichhaltige Bestätigungen der Experten.

Das war im Augenblick eins von Mr. Merlins Problemen, eines der kleineren Ärgernisse, die der alte Mann nicht gern hinnahm. Ted Warburton, sein bester Kreml-Spezialist, hatte sich gerade diese Zeit ausgesucht, um in Mikronesien segeln zu gehen. Hol' ihn der Teufel!

Mr. Merlins Ausdruck entspannte sich ein wenig. Er drückte auf den Knopf an der Armlehne seines Rollstuhls, und der kraftvolle kleine Motor rollte ihn an die Glaswand, die den Makaluha-Krater überblickte. Milchiggraue Rauchstreifen hingen wie Wimpel über dem Vulkan und bewegten sich in der feuchten Hawaii-Brise. Der April war ein frischer Monat auf den Inseln, eine Zeit neuen Grüns und neuer Blüte, alles frisch gewaschen und in glühender Neo-Farbigkeit. Hinter ihm, jenseits der engen Wasserstraße, war die Insel Maui ein einziges, riesiges Treibhaus. Aber der Mann, der sich Mr. Merlin nannte, hatte im Moment kein Auge für die Schönheit seiner Umgebung. Er saß vornübergebeugt in seinem Rollstuhl, und seine mächtigen Schultern und Arme standen im krassen Gegensatz zu seinen dünnen, nutzlosen Beinen.

SOS – Ich bin nicht tot – Ich bin nicht begraben.

Es war nachmittag. Vom Fuß des Makaluhakraters aus erstreckte sich die See unendlich und still, fast ohne Bewegung wie ein zufrieden schlummerndes Tier, eine riesige Platte aus gehämmertem Grün und Gold. Eine Gruppe von Fischerbooten, weiß wie Möven, lag etwa eine Meile weiter nach Osten. Mr. Merlin starrte an ihnen vorbei in die Unendlichkeit, sah sie und sah sie doch nicht, während er versuchte, die nervenzermürbenden Stückchen dieses unglaublich komplizierten Puzzlespiels zusammenzusetzen, das man in seine Hände gelegt hatte.

SOS – SOS – Ich bin zur vollen Zusammenarbeit bereit – Bedingungslos.

Bedingungslos? Mr. Merlin lächelte grimmig. Das war ein weites Feld.

Ich lebe. Rasputin der Zweite – Rasputin der Zweite.

Mr. Merlin drückte erneut auf den Knopf, und der Stuhl rollte an den riesigen Schreibtisch zurück. Er hob einen schwarzen Hörer ab. »Polly?«

»Ja, Mr. Merlin?« Wie immer lag etwas Ruhiges, Besänftigendes in ihrer festen, dunklen Altstimme. Polly Perkins war eine *kamaaina,* ein Achtel Hawaii-Mädchen, der Rest französisch und angelsächsisch, und sie war schon seit mehr als zwanzig Jahren bei ihm. Mr. Merlin vertraute ihr mit seinem Leben.

»Hat man Ted Warburton schon gefunden?«

»Ich glaube nicht. Noch nichts im Telex, Mr. Merlin. Aber es kann nicht mehr lange dauern. Zehn unserer Maschinen suchen in dem Gebiet, in dem die *Snarko* zuletzt gesehen wurde. Sie werden ihn bald finden.«

Mr. Merlin sah das Telefon finster an. »Ich hoffe, Sie haben recht, meine Liebe. Sagen Sie mir Bescheid, sobald Sie etwas wissen. *Snarko,* in der Tat!«

Ein schrecklicher Name für ein großartiges Boot. *Snarko!* Wenn Warburton schon von Jack London stehlen mußte, warum machte er dann nicht gleich alles –

Das schwarze Telefon summte. Mr. Merlin schnappte danach. »Ja? Haben Sie Warburton gefunden?«

Pollys kühle Stimme sagte: »Noch nicht. Aber ich habe John Eagle in der Leitung, Mr. Merlin. Okay, Mr. Eagle. Sie können sprechen.«

Mr. Merlin hatte Eagle seit der erfolgreichen Beendigung der mongolischen Mission weder gesehen noch gesprochen. Aber für Mr. Merlin bedeutete aus den Augen keineswegs aus dem Sinn. Er wußte jetzt, daß sein Unternehmen »Protoagent« realisierbar war, daß es ihm mit der Zeit möglich sein würde, jenen harten Kern von Elite-Draufgängern und Überlebensspezialisten zu formen, den er sich vorgestellt hatte. Es gab nur die eine große Schwierigkeit: mehr Männer wie John Eagle zu finden.

Eagle sprach jetzt, und seine Stimme besaß denselben dunklen, ausgewogenen Bariton, den Mr. Merlin noch von seinen ersten Interviews kannte. Sie hatten sich nicht persönlich gesehen. Und würden das auch wahrscheinlich niemals tun. Mr. Merlin zog es vor, seine Befragungen über einen Fernsehschirm zu veranstalten, wo er sehen konnte, ohne gesehen zu werden. Als er John Eagles Stimme jetzt wieder hörte, sah er das gutaussehende Gesicht vor sich, die blauen Augen, die kalt und hart werden konnten, manchmal fast unverschämt, und die latente, in den schlanken 1,95 Metern Muskeln und Knochen aufgestaute Kraft. Auch in den höflichen, sanften Worten, die jetzt aus dem Hörer kamen, lag Kraft; eine Zuversicht und Sicherheit, die sich seit dem mongolischen Auftrag noch vertieft hatte. Mr. Merlin nickte vor sich hin, bevor er sprach. Das war klar. Der Junge war in der Hölle gewesen und wieder herausgekommen. Jetzt schreckte er vor nichts mehr zurück. Oder doch vor fast gar nichts.

Mr. Merlin sagte: »Wie geht es Ihnen, John? Klappt alles auf der neuen Ranch?«

»Ja, Sir. Sehr gut. Ich habe das Haus fast fertig. Ich baue es selbst, wissen Sie. Ziemliche Arbeit für einen Amateur.«

»Nein«, sagte Mr. Merlin. »Ich wußte nicht, daß Sie es selber bauen. Obwohl ich natürlich wußte, daß auf Ihrem neuen Besitz ein Haus gebaut wird.«

»Es macht mir ab und zu Spaß, mit den Händen zu arbeiten«, sagte Eagle. »Und ich war oben in den Bergen auf der Jagd. Falls Sie also versucht haben sollten, mit mir Kontakt aufzunehmen –«

»Bis heute nicht«, sagte Mr. Merlin. »Erst jetzt. Dies ist noch kein Alarm, John. Noch nicht. Nennen Sie es eine Warnung. Ich möchte, daß Sie sich jederzeit bereithalten, nach Lager drei zu gehen. Also bitte keine Jagdausflüge mehr, eh? Bleiben Sie in der Nähe, mein Junge. Wenn und falls Sie in Lager drei gehen, wird Samson Sie benachrichtigen. Er ist Ihr Hauptkontakt, wie Sie wissen.«

»Jawohl, Sir.«

»Auf Wiederhören, John.«

Mr. Merlin ließ seinen Rollstuhl zum Schreibtisch zurückgleiten. Seit dem Jahre 1918, als eine deutsche Kugel in den Argonnen sein Rückgrat getroffen hatte, war er nicht mehr aufgestanden.

Er zündete sich eine lange Zigarre an und ging den Papierstapel auf seinem Schreibtisch durch. *SOS – Ich bin nicht tot. Ich bin nicht begraben. Ich lebe. Rasputin der Zweite.* Mr. Merlin runzelte die hohe Stirn. Das Rätsel war auf Umwegen bis zu ihm gekommen und schließlich von höchster Stelle aus nach Hawaii dirigiert worden. Der Präsident und Mr. Merlin waren alte Freunde. Der

Präsident hatte die Angewohnheit, die wirklich harten Nüsse auf die Inseln abzuschieben.

Mr. Merlin starrte das Papier in seiner Hand an. Dieser Pilot, Oberstleutnant Robert Webb, war drei Tage lang in Sibirien vermißt gewesen, bevor man ihn herausholen konnte. Fast tot vor Kälte und Unterernährung und Erschöpfung. Sobald er wieder einigermaßen vernehmungsfähig war, hatte man ihn verhört: Er hatte von den seltsamen Botschaften erzählt, die durch die Arktis wimmerten. Immer und immer wieder. In deutsch, französisch und englisch. Ein englischer Text lag jetzt vor Mr. Merlin. *SOS – SOS – Ich bin nicht tot. Ich bin nicht –*

Wer, zum Teufel, war Rasputin der Zweite? Ein Pseudonym, ein Tarnname war es, ganz offensichtlich. Das ergab Sinn. Schließlich sendete der Mann aus dem russischen Sibirien. Er wollte sicher nicht dabei erwischt werden, wollte verhindern, daß das russische DF ihn fand und das Signal zurückverfolgte. Der unbekannte Sender kannte sich ebenfalls gut in Elektronik aus. Theoretisch sowohl als praktisch. Er sendete nur während oder nach einem besonders kräftigen Nordlicht; benutzte den Wall aus magnetischer Strömung um den Pol als Reflektor, von dem er seine Signale abprallen ließ und sie so schwer verfolgbar machte.

Mr. Merlin seufzte. Ein langes Stück Zigarrenasche fiel zu Boden. Er war kein besonders ordentlicher Mensch, war es nie gewesen. Hatte es nie sein brauchen. Es war eine der Nebensächlichkeiten, nur eine der vielen, welche diejenigen begleiten, die schon reich geboren worden sind. Mr. Merlin – es war nicht sein richtiger Name – war, solange er sich erinnern konnte, einer der reichsten Männer der Welt gewesen (vielleicht der reichste). Reichtum und alles, was damit zusammenhing, war ihm selbstverständlich. Soweit das einem Sterblichen überhaupt möglich ist, hatte er immer genau das getan, was er wollte. Polly Perkins, die den alten Mann liebte und respektierte und die ihr Leben für ihn gelassen hätte, gab zu, daß es manchmal schwierig war, mit ihm zu leben und noch schwieriger, für ihn zu arbeiten.

Als er die Botschaft jetzt abermals las, räumte er ein, daß die erste große Schwierigkeit überwunden war: Sie hatten eine ungefähre Idee, woher die seltsame Nachricht kam. Nachdem die Air Force Oberstleutnant Webbs Geschichte gehört und schließlich aufgehört hatte, sie als die Wahnidee eines Erschöpften abzutun, hatte sie ihren eigenen Geheimdienst ins Spiel gebracht. Die Arbeit begann, Little Diomede war alarmiert worden und hatte schließlich Bruchstücke derselben Nachricht auffangen können.

Die Funksprüche kamen unregelmäßig. Manchmal gab es tagelang keine, und dann wieder waren die seltsamen, holprigen Signale stundenlang zu hören. Immer und immer wieder weinte diese Stimme in der eisigen Wildnis.

Washington wurde informiert. Computer summten und rotierten und warfen nichts Wichtiges aus. Die Air Force richtete auf der Tundra und auf Eisschollen Behelfsstationen ein, um die Signale aus neuen Winkeln aufzufangen und eine Triangulation vornehmen zu können.

Es war ihnen gelungen, den möglichen Ausgangspunkt der Ausstrahlungen auf ein paar tausend Quadratkilometer sibirischen Eises einzuengen, als Mr. Merlin auf dem Plan erschien.

Ein Sonderkurier aus Washington hatte zwei dicke Manilaumschläge überbracht. Dabei lag eine hastig geschriebene Note auf dem Papier des Weißen Hauses:

Lieber Merlin: Ich nehme an, es könnte hier eine Verbindung geben. Nicht wahrscheinlich, aber sicher möglich. Vielleicht eine Arbeit für Ihren Protoagenten? Wir kommen nicht dahinter. Die Sache ist jetzt Ihr Baby. Halten Sie mich auf dem laufenden. Der Präsident.

Mr. Merlin glitt zu der Glaswand zurück, die auf den Vulkan hinausblickte. Er drückte einen Knopf, der den Raum langsam um seine Achse rotieren ließ, saß da und sah zu, wie die grüne Landschaft Hawaiis vorbeiglitt. Die Mündung der Meerenge kam in Sicht, dann die Insel Maui. Der Raum drehte sich langsam um sich selbst. Er sah, wie das Grün der Insel ins Blickfeld kam und wieder verschwand. Sehr wenige Menschen auf der Welt wußten, was unter dieser kleinen Insel und unter der gegenüberliegenden lag: ein riesiger Komplex von Räumen, Labors, Apartments und Tunnels, die ursprünglichen vulkanischen Spalten, die sich unterirdisch meilenweit ausdehnten. Die alten Röhren, die abgestorbenen Eingeweide des Vulkans, waren einem modernen Zweck zugeführt worden.

Mr. Merlin wollte gerade nach dem schwarzen Telefon greifen, als es klingelte. Er riß den Hörer hoch. »Ja, Polly? Haben Sie ihn gefunden?«

»Ja, Mr. Merlin. Eine Maschine sichtete die *Snarko* und hat eine Botschaft abgeworfen. Mr. Warburton signalisierte zurück, daß er unverzüglich Taka anlaufen wird.«

Zwei Stunden später – die hereinbrechende Dämmerung war kaum mehr als ein leicht purpurner Nebel – hatte er eine Verbindung mit Ted Warburton auf der winzigen Insel Taka in der nordöstlichen Ecke Mikronesiens.

Warburtons Stimme dröhnte aus dem Lautsprecher, der auf dem venezianischen Schreibtisch aufgestellt worden war. »Hallo, Mr. Merlin, hier Warburton. Was ist so verdammt eilig?«

Mr. Merlin sah den Kremlfachmann vor seinem geistigen Auge. Er war sicher noch immer auf seiner Jacht. Ted war jetzt fast achtzig, hatte einen Spitzbauch und einen glänzenden, gebräunten Kopf. Er trug bestimmt schmutzige weiße Shorts und Tennisschuhe, brauchte eine Rasur und rauchte eine Dawes-Pfeife. Ted Warburton war ein Original. Er war jedenfalls der beste Kreml-Spezialist der Welt. Mr. Merlin zahlte ihm fünfzigtausend Dollar im Jahr, nur damit er ihm ein paar Fragen beantwortete, falls sie sich ergaben. Warburton war mütterlicherseits Russe und in Moskau und St. Petersburg – als es noch so hieß – zur Schule gegangen; er hatte als junger Mann Trotzkj und Kerenski und viele andere gekannt.

Mr. Merlin blies Zigarrenrauch in den Lautsprecher auf dem Schreibtisch. »Tut mir leid, Ihr Idyll zerstören zu müssen«, sagte er nicht ohne eine Spur Sarkasmus. »Aber ich brauche dringend Informationen, und Sie stehen auf meiner Honorarliste.«

»Wer streitet das ab?« sagte Warburton unbeindruckt. »Was wollen Sie wissen, Mr. Merlin?«

»Hören Sie sich zuerst einmal das an.« Mr. Merlin las die Botschaft, die Oberstleutnant Webb als erster aus der Arktis geholt hatte. Ted Warburton hörte ohne Frage oder Unterbrechung zu, aber als er zu sprechen begann, wußte Mr. Merlin, daß er auf Gold gestoßen war. Das riesige Honorar begann sich zu lohnen. Warburton hatte sich noch nie geirrt.

»Entweder ist das ein Jux«, sagte Warburton, »oder eine totale Phantasie, eine Stimme aus dem Grab, oder es ist völlig rational. Seltsam, fast unglaublich, aber rational.«

»Wir wollen den Jux und die Phantasie fürs erste beiseite lassen«, sagte Mr. Merlin trocken. »Da bleibt das Rationale. Erklären Sie es mir freundlicherweise.«

»Gut. Rational betrachtet müßte Rasputin der Zweite Boris Prokowitz sein. Ich kannte ihn vor einigen Jahren persönlich. Er war ein großartiger Wissenschaftler, aber ein bißchen labil. Was man heute einen Playboy nennen würde. Er spielte eine wichtige Rolle bei der Entwicklung des Sputnik, wenn ich mich recht erinnere, interessierte sich aber auch für Okkultismus. Hielt Seancen ab und benutzte Medien, um mit dem alten Conan Doyle zu sprechen, so in der Art. Und ein großer Frauenheld war er auch. Ein ganz großer. Es gab eine Reihe von Skandalen, in die er verwickelt war. Auf jeden Fall nannte man Boris Prokowitz Rasputin den Zweiten. Im engeren Freundeskreis, wissen Sie? So eine Art Scherz unter Eingeweihten. Nicht viele Menschen wußten davon oder nannten ihn so. Ich glaube, er war ein bißchen stolz darauf.«

»Wie alt wäre er heute?«

»Genau da setzt es aus, Mr. Merlin. Boris Prokowitz starb im Jahre 1957. Mit Staatsbegräbnis und allem Drum und Dran. Ich hatte Rußland damals schon verlassen, aber ich hörte davon, und ich hörte auch die Gerüchte.«

Mr. Merlins Gesichtsausdruck veränderte sich nicht. Er saß in seinem Rollstuhl, rauchte seine lange Zigarre und hielt das Mikrophon in der Hand.

»Gerüchte? Erzählen Sie mir davon.«

»Das Ganze wurde ziemlich schnell wieder vertuscht«, sagte Warburton. »Wahrscheinlich sowieso nichts Wahres dran. Jemand in der Propagandaabteilung hatte einen Kurzschluß. Wie auch immer, es hieß, Prokowitz hatte den Verstand verloren, sei übergeschnappt, kurz bevor er starb.«

»So, so.« Mr. Merlin schwieg einen Augenblick. »Wie alt wäre er jetzt?«

»Etwa sechzig, nehme ich an. Ungefähr zwanzig Jahre jünger als ich.«

»Aha.« Mr. Merlin rollte sich ein wenig näher an seinen Schreibtisch. Er streckte den Arm aus und berührte einen der Umschläge, die der Präsident ihm zugeschickt hatte. Er war alles durchgegangen, aber bis zu diesem Augenblick war er nicht in der Lage gewesen, eine mögliche Verbindung zu sehen, die der Präsident in seinem Schreiben angedeutet hatte. Jetzt begann er zu begreifen, daß es da tatsächlich eine Verbindung geben konnte. Wenn ja, dann war das der Gipfel der Ungeheuerlichkeit. Aber würde er es beweisen können?

Warburtons Stimme dröhnte aus dem Lautsprecher: »Sind Sie noch da, Mr. Merlin?«

»Ja, Ted. Nur noch ein oder zwei Dinge – angenommen, dieser Boris Prokowitz wäre nicht gestorben? Angenommen, er wurde wahnsinnig, die Beerdigung war vorgetäuscht, und man schickte ihn nach Sibirien? Aus irgendeinem verrückten Grund – ich möchte jetzt nicht näher darauf eingehen . . . Aber wäre das möglich?«

»Bei diesen Leuten ist alles möglich«, sagte Warburton. »Obwohl mir eine Menge Gegenargumente einfallen. Aber lassen wir die Einwände einmal beiseite. Die Möglichkeit, daß Boris noch immer lebt und irgendwie für diese Signale aus Sibirien verantwortlich ist, besteht. Das ergibt sogar einen Sinn. Wer würde nicht aus Sibirien rauswollen? Und es gefällt mir besser als die Alternative, nämlich daß Boris doch tot ist und versucht, aus dem Jenseits mit uns Kontakt aufzunehmen. Ich würde das zwar gern glauben, bin aber leider noch nicht senil genug.«

Mr. Merlin, der wohl wußte, wie weit Warburton davon entfernt war, senil zu sein, lächelte. »Haben Sie je von Burke und Hare gehört, Ted?«

Das glucksende Lachen kam über Tausende von Kilometern. »Sie meinen die beiden Leichenfledderer aus Edinburgh? Natürlich. Denken Sie, was ich denke, daß Sie denken, Mr. Merlin?«

»Kann sein«, sagte Mr. Merlin. »Es mag unmöglich aussehen, deshalb bin ich sicher, daß es zu schaffen ist. Können Sie helfen?«

»Vielleicht. Ich weiß zufällig, wo Boris Prokowitz beerdigt wurde. *Falls* er beerdigt wurde. Es gibt einen kleinen privaten Friedhof für Prominente, die nicht ganz prominent waren, wenn Sie wissen, was ich meine. Er liegt hinter dem alten Alexandrowskypalast in Moskau. Wo jetzt die Sowjetische Akademie der Wissenschaften steht. Doch das sage ich Ihnen, Mr. Merlin, wenn Sie sich mit dem Gedanken tragen, dieses Grab zu öffnen und ein bißchen zu ›burken‹, dann haben Sie aber Nerven.«

Mr. Merlin lächelte in den Lautsprecher, ganz der wohlwollende alte Herr.

»In diesem Punkt«, sagte er sanft, »möchte ich Ihnen zustimmen. Auf Wiederhören, Ted. Vielen Dank. Und gute Erholung noch.«

Er schaltete das Mikrophon aus und rollte an seinen Schreibtisch, wo er eine Schublade aufschloß und ein dünnes Paket von Aktenkarten in einem kleinen Stahlkasten durchging. Schließlich wählte er drei Karten aus, legte sie auf die Tischplatte und stellte den grünen Kasten wieder weg. Er hob den Hörer des schwarzen Telefons. »Würden Sie bitte hereinkommen, Polly?«

Es war jetzt fast dunkel im Zimmer. Polly Perkins schaltete das Licht nicht an. Sie wußte, daß Mr. Merlin gern in der Dämmerung saß und den Funken zusah, die aus dem Makaluhakrater stoben. Sie ging zum Schreibtisch und schaltete eine kleine Leselampe an, die einen winzigen Lichtkegel auf ihren Block warf. Sie wartete. Mr. Merlin saß vor der Glaswand, rauchte eine Zigarre und starrte hinaus in die einbrechende Nacht. Ein Funkenregen sprühte aus dem alten Vulkan hoch und verlöschte in der sanften, dunklen Luft. Der glühende Lichtpunkt der Zigarre bewegte sich von einem Mundwinkel zum anderen. »Wo genau liegt Eagles Farm, Polly?«

Sie legte den Bleistift zur Seite. Es würde also noch eine Weile dauern, bevor er zum Geschäftlichen kam. Sie kannte seine Angewohnheit. Er sprach über Allgemeinheiten, plauderte scheinbar, während er seine Gedanken ordnete. Sie wußte, daß er einer der zwölf besten Schachspieler der Welt war; er dachte immer fünf oder sechs Züge im voraus, ganz gleich, welches Spiel er spielte.

Sie sagte: »John Eagle hat sich 1200 Morgen Buschland in den Harquahala-Bergen gekauft. Seine Mutter lebt in dem Apachen-Reservat im gleichen Staat. Er hat sie seit seiner Rückkehr aus der Mongolei dreimal besucht.«

»Wir müssen ihn beobachten«, sagte Mr. Merlin nachdenklich. »Zu seiner und zu unserer Sicherheit. Bisher hat niemand eine Ahnung von der Existenz des Protoagenten, und ich möchte, daß das so bleibt. Schade. Ich weiß, daß John es haßt, beobachtet zu werden. Und White Deer ist nur seine Adoptivmutter, Polly, nicht seine leibliche Mutter. Die starb bei der Geburt. Er wurde von den Apachen aufgezogen.«

Sie hatte das natürlich gewußt. Hatte sich lediglich nicht genau ausgedrückt.

Stille. Dann: »Dieses Mädchen, das ihn besucht ... Ruth Lame Wolf. Was ist mit ihr?«

Pollys Gesicht lag im Dunkeln. Er konnte ihr stilles Lächeln nicht sehen.

»Scheint ein sehr nettes Mädchen zu sein«, sagte sie. »Kein Vollblut, ein Halbblut. Ihr Vater war ein irischer Eisenbahnarbeiter. Er ist tot. Lame Wolf ist ihr Sioux-Name: Oglala Sioux. Sie studierte an der Universität von Neumexiko und hat seit drei Jahren eine Geschenkboutique in Albuquerque. Sie ist sechsundzwanzig und den Berichten nach sehr hübsch. Ihr wirklicher Name, oder wenigstens ihr normaler englischer Name, ist Foley. Ruth Foley. Der Name ihres Vaters.«

»Natürlich. Albuquerque liegt nicht sehr weit von Eagles Ranch, oder?«

Polly lächelte in der Dunkelheit. »Das kommt darauf an, wie man es sieht, Mr. Merlin. Es sind etwa sechshundertfünfzig Kilometer. Sie fährt sie zweimal monatlich, um ihn zu sehen.«

»Hm – ich verstehe, was Sie meinen. Nicht weit für verliebte Herzen.« Er nahm die Zigarre aus dem Mund und drückte sie im Aschenbecher aus, um sie sofort durch eine neue zu ersetzen.

Mr. Merlin war sich klar, daß die Situation sorgfältig überwacht werden mußte. Einen verliebten Protoagenten konnte er nicht brauchen. Aber auf der anderen Seite machte er sich wahrscheinlich unnötige Sorgen. Eagle war ein gutaussehender, gesunder Mann. Er tat nichts anderes, als auf völlig normale Weise seinen Sexualtrieb zu befriedigen.

Mr. Merlin räusperte sich. Das friedliche Dämmerungs-Intermezzo war vorüber. Die Arbeit begann.

Er begann zu diktieren.

»Richten Sie zwei neue Operationen ein, Polly. Nennen Sie die eine, äh, ›Mad Scientist‹. Fürs erste nur Nachforschung und Datenerfassung. Ich möchte sämtliches Material, ich wiederhole, sämtliches, über das Verschwinden von Wissenschaftlern während der letzten beiden Jahre. Besondere Aufmerksamkeit gebührt solchen Männern, die geisteskrank gewesen und aus Krankenhäusern und Nervenkliniken verschwunden sind. Carson soll die Sache übernehmen. Vergewissern Sie sich, daß er noch heute abend mit der Arbeit beginnt. Er ist mir für Operation ›Mad Scientist‹ voll verantwortlich. Haben Sie das?«

Polly war eine hervorragende Stenotypistin. Sie sah zu ihm herüber, wo nur die Zigarrenglut und der Schatten seines großen Körpers sich abzeichneten. »Ja, alles, Mr. Merlin.«

»Gut. Weiter. Was macht Joe Zimmermann im Moment?«

»Hat Urlaub, Mr. Merlin. Er kam vor drei Tagen aus Berlin zurück und ist jetzt hier auf der Insel.«

»Berlin? Ach ja, erinnere mich. Die Katz-Affäre. Das hat er sehr gut gemacht. Aber ist Zimmermann nicht auch einer unserer Moskauer Männer?«

»Ja. Er hat sehr gute Kontakte dort.«

»Gut. Zimmermann übernimmt Operation ›Leeres Grab‹. Dringend. Volle Priorität. Ich möchte in den nächsten zwei, spätestens drei Tagen Ergebnisse sehen. Er soll das Grab eines gewissen Boris Prokowitz in Moskau öffnen. Der Mann soll auf einem Friedhof hinter dem alten Alexandrowskypalast begraben worden sein. Machen Sie das in den Anweisungen völlig klar, Polly: das Grab soll in aller Stille und ohne jedes Aufsehen geöffnet werden. Nichts soll aus dem Grab entfernt werden. Ich möchte lediglich wissen, *was* im Sarg ist. Zimmermann soll die Sache schnell und in aller Stille abwickeln. Er soll Leute benutzen, die mit Sicherheit eine gute Legende erzählen können, wenn sie in Schwierigkeiten kommen – Männer, die er irgendwie in seiner Gewalt hat. Aber Zimmermann wird all das selber wissen.«

Mr. Merlin zündete sich eine neue Zigarre an und rollte von der Glaswand weg. Er glitt zu einem Lichtschalter und füllte das große Arbeitszimmer mit mildem Licht. Er drückte auf einen Knopf, schwere Vorhänge glitten vor das Glas und schlossen die Nacht aus.

»Schicken Sie das gleich raus, Polly. Drei Kopien. Eine für meine Akten, eine für Ihre, eine für die betreffenden Empfänger. Die übliche Vernichtung, wenn alles auswendig gelernt ist.«

Sie hatte sich schon zum Gehen gewandt, die nackten Füße waren geräuschlos auf dem austerfarbenen Teppich, als er sagte: »Oh, noch eins, Polly. Besorgen Sie mir alles, was Sie über eine Frau namens Dr. Suthina Wotanja finden können. Wahrscheinlich gibt es nicht viel, sie ist noch jung; aber etwas sollte schon in den Akten sein. Sie ist Psychiaterin, beschäftigt sich mit Geisteskrankheiten. Rufen Sie die Bücherei an und besorgen Sie mir, was Sie können.«

Als Polly gegangen war, schaltete er das Licht aus und saß wieder im Dunkeln. Seine Augen brannten, er hatte leichte Kopfschmerzen. Die Anstrengung natürlich. Er brauchte eine neue Brille. Er lächelte. Er hatte viele Milliarden Dollar, und doch konnte er nicht einmal seine Brillen auf dem laufenden halten. Ein Zahn mußte ebenfalls repariert werden.

Für die Arbeit, die er sich ausgesucht hatte, mußte er viel lesen. Millionen Worte pro Monat. Sie alle taten dasselbe – die Moskau-Beobachter in Washington, die Washington-Beobachter in Moskau, die Chinesen-Beobachter in Hongkong und Washington. Er hier in seinem Arbeitszimmer.

Manchmal bekam man seine Informationen aus den unwahrscheinlichsten Quellen. Wer hätte geglaubt, daß die Familiennachrichten einer Prager Tageszeitung einen Hinweis darüber bringen würden, was sich in Sibirien tat? Vielleicht war es gar kein Hinweis. Vielleicht war es nichts als Wunschdenken, eine Vermutung. Und doch war es da, begraben unter einem Haufen von Zeitungsausschnitten, die seine Leute in Washington ihm zugeschickt hatten, ohne Kommentar, weil sie es nicht für wichtig hielten. Der Ausschnitt trug ein Prager Datum:

> Dr. Suthina Wotanja, die nach langer Arbeit in Sibirien wieder nach Moskau zurückkehrte, hat sich dem Vernehmen nach mit Generaloberst Kasimir Rabin verlobt. Der Generaloberst ist gegenwärtig beim Planungsstab in Moskau stationiert. Dr. Wotanja, die fast über Nacht berühmt wurde, ist Rußlands führende Psychoneuropharmakologin. Den Berichten nach soll sie einige bemerkenswerte Heilmethoden für schwere Geisteskrankheiten entwickelt haben. Die Heirat muß jedoch noch warten, bis Dr. Wotanjas äußerst wichtiger Auftrag beendet ist. Wenn diese Zeilen in Druck gehen, ist sie bereits wieder in Sibirien, um weiterzuarbeiten.

Das war alles. Mr. Merlin las den Ausschnitt noch einmal durch. Vielleicht ohne Bedeutung. Oder?

Einer der vermißten Wissenschaftler auf der Liste des Präsidenten war Henry Lee Pridwell. Er verschwand aus einer Klinik in Indianapolis, Indiana. Spurlos. Sein Körper wurde nie gefunden. Einfach in Luft aufgelöst.

Henry Lee Pridwell war Psychoneuropharmakologe gewesen. Einer der besten. Er hatte große Fortschritte bei der Heilung von Geisteskrankheiten mit Medikamenten statt mit Schocks und Skalpell gemacht. Dann kam sein eigener Zusammenbruch. Und jetzt vom Winde verweht. Von einem sowjetischen Wind?

Nichts war sicher. Aber wenn er es mit dem anderen, ebenfalls dürftigen Material zusammenbrachte, kam Mr. Merlin langsam das Gefühl, als sei er auf ein Indiz gestoßen, das eigentlich gar nicht hätte existieren dürfen. Er hätte in diesem Augenblick leicht eine Prolepse aufstellen können, in der die hervorstechendsten Fakten eine Erklärung gefunden hätten. Aber eine Extrapolation aufgrund falscher Voraussetzungen war nutzlos. Schlimmer noch. Sie war gefährlich, denn sie führte in die Irre und weg von dem einzigen Körnchen Wahrheit, das man haben mochte.

Na, na, na, dachte Mr. Merlin. So schlimm ist es auch wieder nicht. Was ich tue, ist ganz legitim. Ganz einfach. Physiker tun das ständig mit abstrakten Begriffen, warum also nicht mit greifbaren Tatsachen, wie Wahnsinnigen und Särgen und Leichen, mit sibirischer Eiseskälte und mit merkwürdigen Funksprüchen, die aus dem Nichts kommen. Mit abgestürzten Piloten. Mit russischen Irrenärzten und Generalobersten.

Es ist schließlich nichts als induktives Denken. Eine uralte Technik. Genau das Gegenteil von dem, was Sherlock Holmes tun würde, aber in unserer Zeit sehr viel wirksamer.

Mr. Merlin saß in der Dunkelheit und summte vor sich hin. Ja, er würde eine Theorie aufstellen und sehen, ob er die Tatsachen hineinpressen konnte. Er wollte mal ein Verbrechen annehmen. Wenn er recht hatte, und er hatte selten unrecht, dann würde er Gegenmaßnahmen auswählen und John Eagle, den Protoagenten, schicken, um sie zu vollstrecken.

4

John Eagles neuerworbenes Land erstreckte sich zwischen den Harquahala- und den Eagle-Tail-Bergen in einem unregelmäßigen Rechteck nach Süden. Falls es einen unbewußten Grund dafür gegeben hatte, gerade dieses Stück Land zu kaufen, so kannte er ihn nicht. Es war wildes Land, das niemand sonst wollte, und er hatte es billig genug erstanden.

Zufrieden mit dem Ausgang der mongolischen Expedition, hatte Mr. Merlin ihm ein Jahresgehalt auszahlen lassen: einhunderttausend Dollar. Es war mehr Geld, als Eagle je gesehen oder sich erträumt hatte, und er bemerkte leicht amüsiert, wie sein schottisches Blut die Oberhand gewann. Indianer gaben ihr Geld zwar auch nicht gerade leichtfertig aus, es sei denn, sie waren betrunken, aber in den Wochen, nachdem er das Geld auf die Bank gebracht hatte, blieb ihm nicht mehr der geringste Zweifel, daß er ein echter Sohn Dennis McTarys aus dem Klan der Innes war.

Seine Adoptivmutter, White Deer, hatte sich in ihrer ruhigen Art dazu geäußert, als er sie in dem nicht allzuweit entfernten Apachenreservat hinter den Gila-Bend-Bergen besuchte. White Deer, die jetzt grau wurde, aber immer noch so rank und würdevoll wie eine weiße Birke aussah, hatte ihren Sohn – sie nannte ihn immer so – mit glänzenden, dunklen Augen angesehen. Als sie lächelte, blitzten ihre immer noch makellosen Zähne.

»Es ist deine Medizin, ein reicher Mann zu werden, John. Ich möchte dir nur eines sagen: nutze das Geld weise. Du wirst am besten wissen, wie.«

Er hatte ihr ein wenig, wenn auch nicht alles, von seinen Plänen erzählt. Daß er seinen gegenwärtigen Reichtum und den, der noch kommen sollte, falls er überlebte, dazu benutzen wollte, um das Los der Indianer Nordamerikas, seines Adoptivvolkes, zu verbessern. Ein Los, das momentan traurig genug aussah.

Nachdem er aus der Mongolei zurückgekommen war, nach einer kurzen Zeit der Erholung und Berichterstattung, war Eagle auf Reisen gegangen. Er hielt sich kurz in New York, London und Paris auf und verbrachte zwei Wochen an der Riviera. Er kaufte sich Garderobe, blieb meist für sich allein, starrte große und kleine Kunstwerke an und ging mit einem australischen Mädchen ins Bett, von dem er nur noch wußte, daß sie Peggy hieß. Hatte er jemals ihren Nachnamen gekannt?

Am Ende des Monats war er wieder auf dem Weg ins Indianerland. In sein Land.

Der Grund für seinen Ausflug war nicht bloße Reiselust gewesen. Dahinter stand ein ganz bestimmter Zweck. Während der Ausbildungszeit für das mongolische Unternehmen und dann bei seiner Ausführung war er weit mehr Apache als weißer Mann gewesen. Das war für den Erfolg und für das Überleben absolut notwendig. Ein weißer Mann, ganz gleich, wie hervorragend ausgebildet und ausgerüstet, hätte den Auftrag nie zu Ende führen können. Nun mußte er sein soziales Gleichgewicht wiederfinden, nachdem der Auftrag beendet war. Eine gewisse Zeit lang war er ausschließlich Indianer gewesen, fast ein Tier. Er hatte wie ein Indianer gegessen, geredet und gedacht. Hatte wie ein Indianer getötet. Hatte überlebt wie ein Indianer.

Das war jetzt vorbei. Jetzt mußte er sich wieder in die moderne Gesellschaft einfügen, mußte sich wieder in seine weiße Persönlichkeit finden, mußte den weißen Mann über den wilden die Oberhand gewinnen lassen. Das war nicht leicht. Vor allen Dingen, weil Eagle eigentlich gar nicht umschalten wollte. Er zog den Indianer vor, wie Jekyll Hyde vorgezogen haben mußte. Aber aus demselben Grund durfte es nicht sein: er mußte überleben.

Seit er aus der Mongolei zurückgekommen war, und später auf seiner Reise, hatte Eagle lange über das Problem nachgedacht. Als hochintelligenter und gebildeter Mann – er hatte sich als Rhodes Scholar ausgezeichnet – war er sich der außerordentlichen Belastung bewußt, die diese an Schizophrenie grenzende Doppelseitigkeit seines Wesens für sein Nervensystem bedeutete. Sein Vertrag mit Mr. Merlin lief über fünf Jahre. In dieser Nacht, nachdem er mit Mr. Merlin gesprochen hatte, dachte Eagle, daß er es vielleicht gerade schaffen konnte. Mit Glück. Und mit seiner gegenwärtigen Entschlossenheit. Am Ende des Weges wartete eine Million Dollar auf ihn. Plus mehr Land und großen Ehrungen. Das alles stand in seinem Vertrag. Er mußte nur am Leben bleiben. Das allerdings mochte nicht so einfach sein.

Als Mr. Merlin eingehängt hatte, setzte Eagle das Telefon in einer Ecke des leeren Wohnzimmers ab. Er hatte einen neuen Hartholzfußboden gelegt, mit Nut und Feder, und der Geruch des frischen Holzes umgab ihn. Er ging hinaus in die kalte, glitzernde Aprilnacht, sah zu den funkelnden Sternen auf, erkannte automatisch die Sternbilder und gab ihnen ihre Apachennamen.

Er schlief nicht gern in dem leeren, toten Haus, obwohl es sein eigenes war, deshalb hatte er einen Schlafsack in einem kleinen Gehölz aus kanadischer Pappel und Joshua, die das Bett eines Baches säumten, der nur manchmal, wenn es in den Harquahalas im Norden regnete, Wasser führte. Er wußte, daß sein Land später einmal bewässert werden konnte. Entweder von den Bergen her oder vom Colorado im Westen. Es würde Zeit und viel Geld kosten, aber es war möglich. Im Moment machte er sich noch keine Gedanken darüber. Er war zufrieden mit dem gegenwärtigen Zustand.

Mr. Merlin hatte gesagt: »Ich möchte, daß Sie jederzeit bereit sind, in Lager drei zu gehen.«

Eagle schnitt im Dunkeln ein Gesicht. Er hatte gehofft, Lager drei nie wiederzusehen. Es war eine Hölle, von Dämonen bewohnt, die sich Trainer und Ausbilder nannten. Er seufzte. Also würde er es doch wiedersehen. Mr. Merlin plante eine Operation sehr sorgfältig im voraus. Keine Einzelheit wurde übersehen.

Eagle horchte, als ein Kaninchen sich im Gebüsch bewegte. Der Geruch kam stark mit der leichten Brise. Ein weiteres Rascheln im Unterholz und ein neuer Geruch – Känguruh-Ratte. Keine Feinde. Keine Gefahr.

Wenn Eagle in einer Stadt war, besonders in New York oder Los Angeles, mußte er immer eine bewußte Anstrengung machen, um seinen überempfindlichen Geruchssinn abzustellen. Sonst wurde sein Leben zum Alptraum, seine Nase und Kehle roh und schmerzend, krank von Dutzenden übler Gerüche. Es kostete ihn immer mindestens eine Woche, sich zu akklimatisieren.

Er versuchte jetzt, in einen Indianerschlaf zu fallen. Nicht zu denken. Unbewußt zu sein. Ganz einfach zu existieren, wie ein Tier oder ein Indianer. Nach fünf Minuten wußte er, daß es nutzlos war. Mr. Merlins Anruf hatte ihn erregt und mit Spannung erfüllt.

Er setzte sich auf. An Schlaf war nicht zu denken. Zuviel weißer Mann im Kopf. Eine Pille nehmen? Das würde ein richtiger weißer Mann tun. Eagle hatte in seinem ganzen Leben noch keine Schlaftablette genommen.

Eine dünne, goldene Mondsichel hing über den Eagle-Tail-Bergen im Süden. In ihrem schwachen Licht konnte er Sooty sich im Korral neben dem Haus bewegen sehen. Ein flüchtiger, schwarzer Schimmer, das war Sooty. Kohlschwarz, ohne jeden weißen Fleck. Ein niederträchtiger Bastard von einem jungen Hengst, den Eagle auf einer Auktion gekauft hatte. Das Pferd hatte niemals zuvor Leder gerochen und Eagle dreimal abgeworfen, bevor er es zähmen konnte. Jetzt war es für alle Zeit ein Ein-Mann-Pferd. Eagle besaß noch ein Pferd, einen erstklassigen Tennessee Walker, für

Ruth Lame Wolf, wenn sie morgen kam.

Also fing er doch an, an das Mädchen zu denken! Er wollte nicht an sie denken. Jedenfalls seine indianische Hälfte wollte nicht. Die indianische Hälfte hatte sie bereits besessen, hatte ihren Körper genossen und war damit zufrieden. Ein Krieger dachte nicht an Squaws, wenn sie nicht in der Nähe waren. Frauen waren zur Arbeit und als Annehmlichkeit da. Man gab ihnen seinen Samen und dann vergaß man sie bis zum nächstenmal. Oder bis sie einem einen Sohn zur Welt brachten.

Wieder versuchte er, seine Gedanken abzuschalten, und wieder ohne Erfolg. Er gab auf. Jetzt konnte er nicht einschlafen. Er rollte aus dem Schlafsack und stellte fest, daß die Gedanken an Ruth Lame Wolf ihn tatsächlich physisch erregt hatten. Er ging auf den Korral zu, dachte an das Mädchen und daran, wie direkt und sinnlich sie war. Ruth war fast so doppelseitig wie er, obwohl in ihrem Falle das Indianerblut echt und ihr irisches Erbgut mehrfach damit gekreuzt worden war. Wenn sie jetzt hiergewesen wäre, hätte sie nach ihm gegriffen.

Das Pferd streckte seine samtige Nase über das Gatter. Eagle streichelte es, sprach leise in der Sprache der Apachen mit ihm, beruhigte und lobte es. Es tat ihm jetzt ein wenig leid, daß er Sooty an Leder gewöhnt hatte – meist ritt er ohne Sattel, mit nichts als einer Decke –, aber am Ende schien es so am besten. Noch eine Methode, um den Indianer in seinem Inneren niederzuhalten.

Seine Lenden prickelten und zuckten noch immer. Der Bärenknochen, wie die Apachenmädchen es nannten, war immer noch steif. Er dachte an Ruth Lame Wolf und wünschte, sie wäre bei ihm. Sie hatte einen weichen, braunen, indianischen Körper und ein irisches Gesicht. Ihre Brüste paßten gerade in seine Handflächen, und sie hatte ein aktives Becken.

Verdammt! Eagle klopfte dem Pferd leicht auf die Nase. Sooty legte die Ohren zurück und sah seinen Meister erstaunt an.

»Entschuldige«, sagte Eagle und zwang sich, nicht mehr an Ruth zu denken. Er wurde durch ein allmähliches Nachlassen seiner Erregung belohnt.

Eagle war von Reservat zu Reservat gereist, hatte an den Ratsversammlungen der Stämme teilgenommen, mit verschiedenen Vorsitzenden der örtlichen Büros für Indianerfragen gesprochen, beobachtet, zugehört und wenig gesagt. Ab und zu hatte er kleine

Geschichten erfunden, um seine Gegenwart zu erklären. Seine Pläne befanden sich noch im Anfangsstadium; das einzige, worüber er sich schon klar war, war sein Ziel. Die amerikanischen Indianer waren das wirklich vergessene Volk. Dieser Zustand mußte aufhören. Es gab white power, black power – jetzt war Indian Power an der Reihe.

Er würde Jahre brauchen, viel Geld und endlose Geduld, aber Eagle wußte, wohin er wollte. Die Indianer konnten nie etwas erreichen, wenn sie nicht die kalten Fakten politischer Macht beherrschen lernten. Wenn sie nicht lernten, wie man sie sich erkämpfte und wie man sie benutzte. Sie brauchten eine Lobby und eine angemessene Vertretung im Kongreß. So einfach es sich anhörte, so schwierig war es.

Eagle war erstaunt über seine eigene Naivität. Er entdeckte, daß er im Grunde nur sehr wenig darüber wußte, wie die Indianer, abgesehen von den Apachen, in der modernen Welt lebten. Die meisten von ihnen hatten nur eins gemeinsam: sie waren bettelarm. Er sah Elendsquartiere in Reservaten, die selbst in Harlem nicht möglich gewesen wären. Er stieß auf Vorurteil und Gier und Parteilichkeit, und nicht immer nur auf Seiten der Weißen.

Er traf Indianer, die niemals einen Heller ausgegeben hatten, um ihren Brüdern zu helfen. Er fand Streiterei, Rivalität und Stammesfehden, indianische Hippies und Säufer, indianische Asoziale. Kurz, Eagle entdeckte, daß diese winzige Minderheit amerikanischer Ureinwohner beinahe jeden Fehler und jede Tugend aufwies wie die riesige Mehrheit, die ihr Leben kontrollierte.

Am Ende seiner Reise glaube er, die Antwort gefunden zu haben: Publizität und politische Macht, endlose Geduld und Zuversicht. Arbeit. Geld und Selbstlosigkeit.

Seine Pläne, seine Vorhaben und Hoffnungen, hatten sie eigentlich zusammengebracht, ihn und Ruth Lame Wolf. Sie besuchte gerade einen Vetter in South Dakota, im Pine-Ridge-Reservat. Eagle hatte der Versammlung des Stammesrats beigewohnt, Besichtigungen gemacht, den Schauplatz des Wounded-Knee-Massakers besucht: unter dem verstümmelten Obelisk meinte er fast, den Gestank des verfaulten Fleisches aus dem Massengrab der ermordeten Indianer riechen zu können. Und am selben Abend wurde er zu einem Tanz eingeladen, den die Oglala-Sioux-Abteilung des örtlichen *Lion Club* veranstaltete.

Dean Martin und Herb Alpert aus der Musikbox verdrängten die Erinnerung an die Schlachtrufe und Todesschreie. Ruth fühlte sich von dem großen schlanken Mann, der so sehr Indianer war, ohne einen Tropfen indianisches Blut in den Adern zu haben, sowohl angezogen als auch verwirrt. Auf seine schweigsame Art erzählte Eagle ihr sehr wenig über sich selbst und erfuhr viel über sie. Das Wichtigste, was er erfuhr, und was ihn am meisten interessierte, war, daß sie fast seine Nachbarin war. Sie hatte ein Geschäft in Albuquerque.

Ruth Lame Wolf besaß einen neuen Thunderbird. Sie fuhren zusammen zurück nach Neumexiko. Auf dem Weg dorthin – im Rückblick konnte er sehen, wie unvermeidlich das Ganze gewesen war – übernachteten sie in einem Motel, und das Mädchen überraschte Eagle mit ihrer Leidenschaft. Sie war keine Jungfrau mehr, das hatte er auch nicht erwartet, aber wie sie selber zugab, hatte es vor Eagle nur einen Mann gegeben: eine kurzlebige Affäre an der Universität von Neumexiko.

Eagle kannte natürlich seine außergewöhnliche Manneskraft und besaß keine falsche Bescheidenheit. Aber nachdem sie sich diese ganze erste Nacht geliebt hatten und dann noch den nächsten Morgen lang, begann er sich zu fragen, ob er vielleicht neben allem anderen nun auch noch Sioux-Nymphomaninnen kennenlernte.

Dem war nicht so. Ruth fand Sex nur großartig, erreichte ihren Höhepunkt und fuhr fort, ihn zu erreichen. Ad infinitum, so schien es jedenfalls einem erschöpften Eagle. Kurz vor Mittag bat er schließlich um Pardon, ohne sich dessen zu schämen. Er wußte, daß er sich ritterlich geschlagen hatte.

Ruth klopfte ihm lachend auf die Schulter und verwandelte sich sofort von der Geliebten in Schwester und Mütterchen. Sie kamen wunderbar miteinander aus – ausgenommen eines: das Mädchen wollte ihn heiraten!

Seit ihrem ersten Zusammensein hatte er sich zwei- oder dreimal im Monat mit Ruth getroffen. Er fragte sich, was Mr. Merlin wohl darüber dachte. Sicher wußte der alte Mann, was vor sich ging. Ob er sich Gedanken machte? Sorgen um seinen Vertrag?

Das, dachte Eagle, war das letzte, worum Mr. Merlin sich Sorgen zu machen brauchte. Die Vertragsbedingungen waren hart, aber Eagle hatte sie nach gebührender Bedenkzeit freiwillig unterzeichnet. Sie besagten klar und deutlich, daß Eagle für die Verletzung seiner Pflicht oder für den Fall des Geheimnisverrats lebenslänglich ins Gefängnis geworfen oder gar erschossen werden konnte. Andererseits eine Million Dollar in bar bei Ablauf des Vertrages. Plus Land. Plus Ehrungen für ihn selbst und seine Nachkommen.

Mr. Merlin brauchte sich keine Sorgen zu machen. Er, Eagle, hatte viel vor und noch einen langen Weg vor sich. Er dachte nicht daran, sich seine Chancen zu verderben. Keine Frau konnte ihn von dem Pfad abbringen, den er für sich abgesteckt hatte.

Er ging gerade auf das Haus zu, als das Telefon zu läuten begann. Es schrillte und vibrierte auf dem nackten Hartholz, und der Klang drang ihm wie ein Messer ins Herz. Er hatte den Anruf erwartet, und jetzt war es soweit.

Er erkannte die Stimme wieder. Unnachgiebig, hart, eine befehlsgewohnte Stimme. Die Stimme des Mannes, den er nur als Samson kannte.

»Eagle?« Kurz, knapp, geschäftlich.

»Ja.«

»Samson hier«, sagte die Stimme. »Sie befinden sich jetzt auf Alarmstufe zwei. Begeben Sie sich sofort zur Orientierung und Ausbildung in Lager drei. Sie werden den gleichen Weg nehmen wie beim letztenmal. Sie erinnern sich?«

»Ich erinnere mich.«

Man mußte einen großen Umweg machen und nach St. Louis fliegen, wo man einen Wagen mietete. Dann fuhr man zum Death Valley. Dort blieb man in einer kleinen Kneipe, bei Darwin. Während der Nacht verschwand der Mietwagen, und man selbst verschwand ebenfalls. Sie kamen einen holen, harte Männer, wortkarge Männer, die Nummern trugen statt Namen; sie brachten einen tief in die Glut des Tals und hinein in den Berg. Eagle schnitt ein Gesicht, als er sich jetzt erinnerte. Man fühlte sich ein bißchen kindisch, wenn man den Rattenfängern, Mr. Merlins Mietlingen, in das gähnende Loch im Stein folgte. Dann drehten sich riesige Stahlstifte, und die Tür schwang zu wie ein gigantischer Safe.

Innen war alles klimatisiert und so angenehm – wenn man das Wort benutzen konnte - wie unter dem Vulkan in Hawaii. Man hatte nichts anderes zu tun, als das Überleben zu trainieren. Für den Auftrag, der vor einem lag. Achtzehn Stunden am Tag. Gnadenlos.

»Gut«, sagte Samson. »Wir erwarten Sie in zwei Tagen. Reisen Sie unverzüglich ab. Sehen Sie niemanden und sprechen Sie mit niemandem, bevor Sie gehen. Ist das klar?«

Das Ruth-Lame-Wolf-Problem hatte sich soeben von selbst gelöst. Mr. Merlin machte seinem Namen alle Ehre. Er war wirklich ein Zauberer.

»In Ordnung«, sagte Eagle. Er hatte das absurde Gefühl, daß Samson ihm in diesem Augenblick mit dem Fernglas den Hals hinunterstarrte.

»Dann tun Sie's«, sagte Samson. Es knackte, und die Leitung war tot.

5

Oberst Wladimir Sarkoff war Suthina Wotanja schon immer wie ein Anachronismus vorgekommen. Sie gab zu, daß er noch nicht wie siebzig aussah, mit seinem vollen, eisengrauen Haar, seinem roten Gesicht, dem buschigen Budjonny-Schnurrbart und der enggeschnittenen Uniform. Aber schließlich war Sarkoff ein alter Kavallerie-Offizier.

Ein Kavallerie-Offizier. Ganz gleich wo, dachte sie jetzt, während sie ihn in dem gemütlichen, gutgeheizten Büro zehn Meter unter der Eisoberfläche über den Schreibtisch hinweg anstarrte, egal wo, sie glichen sich alle. In jeder Armee, zu allen Zeiten. Kavallerie-Offiziere waren eiserne Zuchtmeister mit erbsengroßen Gehirnen.

Oberst Sarkoff starrte sie an und zwirbelte seinen Schnurrbart. Er klopfte mit seinem gedrungenen Finger auf ein Stück Papier.

»Haben Sie keine Antwort für mich, Genossin? Gar keine? Nichts? Keinen Verdacht?« Seine kleinen Augen, so kalt wie das Polareis über ihnen, bohrten sich in sie hinein. Sarkoff war stets überaus korrekt im Umgang, und doch brachte er es fertig, ihr keinen Zweifel darüber zu lassen, was er von Frauen hielt, die Hosen und Pullover trugen, Titel besaßen und sich in Dinge mischten, die sie nichts angingen. Sie wußte, wie sehr es den alten Soldaten ärgern mußte, sie als Gleichgestellte zu behandeln. Aber er mußte. Die Anweisung kam direkt vom Kreml.

»Ich bin mir nicht sicher, daß ich Sie wirklich verstehe«, sagte sie jetzt. »Sie glauben, daß jemand von hier aus Funksignale sendet?«

»Das habe ich nicht direkt gesagt!« Der Schnurrbart sträubte sich. »Ich habe lediglich gefragt, ob so etwas Ihrer Meinung nach möglich wäre. Ich habe hier eine Mitteilung vom KGB, worin steht, daß merkwürdige, ziemlich schwache Funksignale ungefähr aus diesem Gebiet gesendet werden.«

»Ungefähr aus diesem Gebiet?« Sie sah ihn verwundert an. »Was soll das heißen, Oberst? Was für Funksprüche? Warum sollten meine Leute Funksignale aussenden? Selbst wenn sie könnten, selbst wenn sie die Ausrüstung dazu hätten, was nicht der Fall ist. Man würde doch einen Sender brauchen?«

Der Oberst betrachtete sie kalt. »Es ist mir nicht verborgen geblieben, daß einige der genialen Gehirne, die Sie hier haben, in der Lage sein könnten, ohne zu große Schwierigkeiten einen Sender zu bauen. Es war natürlich nur ein Gedanke.«

Sie schlug die langen, schlanken Beine übereinander. »Damit ich Sie recht verstehe, Oberst: Man hat Funksprüche direkt bis hierher zurückverfolgt?«

Sarkoff betrachtete ihre Beine. Dann hob er die Augen.

»Nein«, sagte er sanft. »Nicht direkt bis hierher. Das habe ich nicht behauptet. Ich sagte, bis in dieses ungefähre Gebiet. Tatsache ist, daß sie wegen atmosphärischer Störungen nicht in der Lage waren, die Herkunft der Signale exakt zu bestimmen.« Er klopfte wieder auf das Papier. »Aber der KGB glaubt, daß sie von hier kommen.«

»Was für Funksignale, Oberst? Nachrichten? Sie scheinen meine Leute, und indirekt auch mich, irgendwie zu beschuldigen. Ich habe ein Recht zu wissen, weshalb: Was sind das für Funksprüche?«

»Ich bin nicht berechtigt, Ihnen das zu sagen«, sagte der Oberst. »Die Sache ist geheim. Streng geheim. Das betrifft auch dieses Gespräch zwischen uns, Genossin. Sie werden selbstverständlich niemandem davon erzählen. Ich weiß im Augenblick noch nicht, wie ich die Sache handhaben werde. Ich würde es gern selber und ohne Einmischung von außen erledigen. Wenn Sie mit mir zusammenarbeiten, voll zusammenarbeiten, kann das immer noch möglich sein.«

Sie nickte. »Gut. Ich will es versuchen. Sie möchten, daß ich versuche, den Sender zu finden. Denjenigen von meinen Leuten, der von hier aus Funksprüche abschickt.«

»Für's erste, ja. Das ist alles. Ich werde natürlich eigene Schritte unternehmen. Ich werde versuchen, Ihre Arbeit nicht zu stören, Doktor, außer wenn es nötig wird. Wenn wir hier unter uns einen Verräter haben, dann müssen wir ihn oder sie finden.«

Er deutete auf ein Militärtelefon. »Es wird immer jemand in diesem Büro sein. Ich glaube, das ist alles für heute, Genossin. Danke, daß Sie gekommen sind.«

Der Mund unter dem Schnurrbart lächelte, aber nicht die kleinen Augen. Suthina erlebte einen Augenblick absurden, reinen Terrors. Es war schlimmer als der Furchtanfall, den sie auf ihrer letzten Reise nach Moskau mit Kasimir und ihren verräterischen Gedanken gehabt hatte. Sie ertappte sich bei dem Gedanken, ob der Oberst wohl von den Büchern wußte, die sie in ihrer Wohnung hatte. Die Bücher, die sie nachts alleine las. Dann wurde es ihr klar. Natürlich wußte er von den Büchern! Bis zu diesem Moment hatte sie kaum daran gedacht, hatte es nicht für besonders wichtig gehalten, aber während ihrer Abwesenheit war ihre Wohnung durchsucht worden. Eins der Bücher auf dem Bord über ihrem Bett, nur eins, war verrückt worden.

Sie nahm eine schwere Parka von dem Haken neben der Bürotür und fuhr mit den kleinen Füßen in fellgefütterte Mukluks. Es war kalt in dem Straßenlabyrinth unter der Eisdecke. Jedes einzelne Gebäude, dieses Büro, ihre eigene Wohnung, die Labors und Unterkünfte, alles war auf Stelzen gebaut und stand zwei Meter von der nächsten Eiswand entfernt, damit die Hitze Wände und Decken nicht schmolz.

Sie wandte sich nach links und ging die Gorkistraße hinunter. Ihre Mukluks quietschten auf dem Eis. Starke, schirmlose Birnen hingen von den Stahlträgern hoch über ihrem Kopf. Sie kam an einem Seitentunnel vorbei (es gab Dutzende) und hörte das Schwirren eines schweren Ventilators, der kalte Luft ansaugte, um die Straßen und Korridore zu belüften. Jedes einzelne Gebäude hatte seinen eigenen Warmluft-Abzugsschacht. Alle Abzugsschächte und Notausstiege waren weißgestrichen und in den Eis- und Schneebergen hoch oben geschickt verborgen. Diese ganze »Stadt der Verbannten«, wie Suthina und die anderen Wissenschaftler die Anlage unter dem Eis nannten, war ein Meisterstück der Tarnung. Unmöglich, dachte sie, daß irgend jemand, der das Geheimnis nicht kannte, sie finden konnte. Oder nur herausfand, daß es sie gab. Unmöglich!

Suthina Wotanja ging die Stufen hinauf, die zu einem langen, gutbeleuchteten, aus Fertigteilen montierten Gebäude führten. Auf einem einfachen Schild stand in schwarzen Buchstaben: Gehirn-Labor. Über dem Dach aus Stahl hing eine zehn Meter dicke Eis- und Schneedecke. Man hatte Proben entnommen und Tests gemacht; das Schneeeis, das auf dem Dach ruhte, war schon zu Zeiten Iwan des Schrecklichen alt gewesen.

In ihrem Büro war es angenehm warm: zwanzig Grad Celsius. Draußen auf dem Eis war es jetzt vierzig Grad unter Null. Bald kam der kurze, arktische Sommer; an heißen Tagen würde die Temperatur auf fünfundzwanzig Grad unter Null steigen. Oder sogar auf glatte zwanzig Grad minus, wenn die Sonne einmal wirklich erbarmungslos brannte.

Suthina entspannte sich in einem Sessel und dachte an eine heiße Dusche. Vielleicht würde das ihre Nerven beruhigen. Kaffee wäre vielleicht gut, oder sogar ein bißchen Wodka. Sie ging gerade auf den Getränkeschrank zu, als sie im Inneren des langen Gebäudes ein Geräusch hörte. Irgend jemand bewegte sich im Labor.

Sie stand still, die Hand an der Wodkaflasche. Der Uhr nach war es jetzt Nacht und die Arbeitszeit längst vorbei. Ihre beiden Assistenten, Schansky und Yuri, hatten frei. Es war natürlich möglich, daß sie Überstunden machten. Sie selber arbeitete manchmal achtzehn Stunden am Tag.

Suthina ging durch den kurzen Korridor und stieß die Tür zum Gehirnlabor auf. Das Geräusch hatte sich nicht wiederholt.

»Guten Abend«, sagte der Mann. »Suthina, ich glaube, eins Ihrer Gehirne ist tot. Die Farbe gefällt mir nicht. Sehen Sie selbst.«

Sie fühlte sich seltsam erleichtert. Es war nur Boris Prokowitz. Sie ging zu dem hochgewachsenen, dünnen Mann hinüber. Er stand über eine der umgestülpten Glasglocken gebeugt, die an den Wänden des Raumes aufgereiht waren. Jede auf ihrem eigenen Tisch, jede mit ihren eigenen Gummi- und Plastikschläuchen und Glasventilen, jede mit ihrem eigenen Motor und ihrer eigenen Pumpe.

Boris Prokowitz trat zur Seite, damit sie besser sehen konnte.

Er wurde langsam kahl, war etwa sechzig Jahre alt und so dünn, daß er schon fast verhungert aussah. Sie hatte Prokowitz geerbt, und mit dem Mann eine Menge Probleme. Eines davon überlagerte alle anderen: Sie war nicht sicher, ob Prokowitz wahnsinnig war und so tat, als sei er geistig gesund, oder ob er völlig normal war und so tat, als sei er verrückt . . .

Prokowitz zeigte auf das Gehirn in dem Glas unter der schützenden Glocke. »Sehen Sie? Eine Farbe wie tote Leber. Ich bin sicher, daß dieses hinüber ist.«

Suthina sah kurz auf das Schild an der Glasglocke. Sie kannte alle ihre Gehirne auswendig, aber die Wissenschaftlerin in ihr überprüfte alles zweifach. Es war das junge weibliche Gehirn. Von Natascha, dem Mädchen, das an Lungenentzündung gestorben war. Eine höfliche Umschreibung für Tod durch Erfrieren. Es war Dezember gewesen, draußen herrschte eine mörderische Kälte, und trotzdem war das Mädchen aus einem Ausgang ins Freie geschlüpft und spazierengegangen.

Niemand hatte es verstehen können. Das Mädchen war eine erstklassige arktische Biologin gewesen und sicherlich nicht dumm. Und doch wäre nur ein Narr oder ein Idiot bei einer Temperatur von fünfzig Grad unter Null in einen arktischen Sturm hinausgewandert.

Suthina erinnerte sich an ihre Instruktionen in Moskau, bevor sie die Stadt der Verbannten übernahm. Der Ausbilder hatte gesagt: »Ab fünfunddreißig Grad minus und einer Windstärke über dreißig Knoten friert Fleisch innerhalb von dreißig Sekunden steinhart.«

»Das arme Ding«, sagte Boris Prokowitz. »Das arme Ding.« Er starrte wieder das Gehirn an. »Jetzt ist sie wirklich tot. Und alle ihre Geheimnisse mit ihr.«

Er drehte sich auf dem Absatz um und verließ wortlos das Labor. Suthina starrte ihm nach. Sie wurde sich mehr und mehr des Rätsels bewußt, das ihn umgab. Die Berichte über ihn füllten Bände, und doch war sie nie in der Lage gewesen, eine definitive Diagnose zu stellen. Gesund oder geisteskrank? Geheilt oder immer noch krank? Sie wußte es einfach nicht.

Sie ging zu dem Gehirn zurück und blickte darauf hinunter. Da plötzlich sah sie es. Einer der Plasmaschläuche war dicht an der Glasglocke gerissen gewesen. Sie hatte es eilig gehabt und den

Bruch nur notdürftig mit Klebeband und einem Gummiring repariert, bis sie den Schlauch ersetzen konnte.

Boris Prokowitz – nur er konnte es gewesen sein – hatte das Klebeband und den Gummi nicht bemerkt, als er den Plasmaschlauch abzog und das Gehirn aus Mangel an Nahrung zugrunde gehen ließ. Er hatte den gerissenen Schlauch wieder zurückgeschoben, aber ohne die Flickstelle. Das Klebeband und der Gummiring lagen auf dem Boden, unter dem kleinen Tisch.

Suthina hob sie auf und drehte sie in den Fingern. Warum hatte er das getan? Ein weiteres Symptom seiner Psychose? Oder aus einem ganz rationalen, vorausberechneten Grund?

Warum wollte Prokowitz ein Gehirn ermorden, das nach menschlichem Dafürhalten längst tot war?

Seine letzten Worte klangen in ihr nach. »Jetzt ist sie wirklich tot. Und alle ihre Geheimnisse mit ihr!«

Suthina Wotanja schaltete die Pumpe des toten Gehirns aus und ging zurück ins Büro. Eine Wanduhr tickte laut. Sie goß sich einen großen Wodka ein und trank ihn in einem Zug. Nicht im geringsten überrascht stellte sie fest, daß sie am ganzen Körper bebte.

6

Mr. Merlin hatte in seiner Planung die Möglichkeit miteingeschlossen, daß unter dem Polareis russische Atom-U-Boote patrouillierten; das U-Boot, das John Eagle und seine Begleiter zum Nordpol brachte, war sowohl für die Verteidigung als auch für den Angriff ausgerüstet.

Die Gefahr entstand nicht. Alles Menschenmögliche war getan worden, um ein solches Risiko auszuschalten. Jetzt, in der ersten Juniwoche, schwebte das lange, schwarze U-Boot in etwa dreißig Faden Tiefe nördlich Fletchers Rise und südwestlich des Lomonosowgrabens. Sie hatten Hawaii zwei Wochen zuvor verlassen, nachdem Eagle ein letztes Mal von Mr. Merlin persönlich eingewiesen worden war.

Das war Mr. Merlins Methode: Milliarden standen ihm zur Verfügung, und er gab sie ohne Zögern aus. Jeder Plan war geistige Millimeterarbeit. Mr. Merlin hatte Dinge erfunden, oder ihre Erfindung möglich gemacht, von denen man sich in den Labors von Washington und Moskau noch nichts träumen ließ. (Eins davon war der hautenge Kunststoffanzug, den Eagle jetzt unter Hose und Pullover trug. Er war ein Wunderwerk der Technik. Unter anderem besaß er ein Chamäleon-Element, mit dem er sich dem jeweiligen Hintergrund anpassen konnte. Er hatte Dutzende von verborgenen Taschen, ließ sich als Taucheranzug verwenden, ließ sich heizen oder kühlen. Und seit John Eagle zuletzt so einen Anzug getragen hatte – bei der mongolischen Mission –, war etwas Neues dazugekommen: eine synthetische Innenbeschichtung, welche die Chemikalien der Körperausdünstung absorbieren und neutralisieren konnte.)

Das Unterseeboot war seit Hawaii nicht mehr aufgetaucht, denn es war atomgetrieben. Eagle hatte eine private Kabine, die er mit einem riesigen Schlittenhund namens Thur teilte. Eagle war der erste Mensch, den Thur als Herrn anerkannte.

Neben Eagles Kabine lag eine kleinere. Sie wurde von zwei Eskimos bewohnt, die ihn auf seiner Expedition in die sibirische Arktis begleiten sollten. Die beiden waren schon an Bord gewesen, als das U-Boot Eagle aufnahm. Er konnte sich vorstellen, wieviel Zeit, Mühe und Geld es gekostet haben mußte, sie anzuwerben. Es waren Jakuten, mittelgroße Männer mit hellgelber Haut und vorstehenden Backenknochen, und ihre Augen waren glühende, dunkle Schlitze. Mongolisch-indianisches Blut, nahm Eagle an. Mr. Merlin hatte eine kurze Erklärung über die Jakuten abgegeben: »Sie tun es für Geld und aus Haß auf die Russen. Meinen Informationen nach haben die Sowjets die Jakuten in den letzten Jahren ebenso behandelt wie die Weißen die Indianer behandeln.«

John Eagle konnte Mr. Merlin nicht sehen – das Interview fand wie gewöhnlich vor einer Fernsehkamera statt –, aber er hörte das kurze Lachen des alten Mannes. Wer konnte besser ermessen, was die Jakuten fühlten, als John Eagle, der als Weißer von Apachen aufgezogen worden war?

Die Jakuten waren Onkel und Neffe. Der jüngere Mann, Kulak, sprach ein holpriges Schulenglisch. Er war auf eine kühle, zurückhaltende Art freundlich. Sein Onkel, Uguk, ein schweigsamer und fast zahnloser Mann, hielt sich zurück und sprach fast nie.

Eins amüsierte und überraschte Eagle. Die Eskimos brauchten nicht lange, um herauszufinden, daß dieser weiße Mann irgendwie anders war. Uguk verlieh diesem Gefühl im Dialekt der Jakuten

Ausdruck, und Kulak übersetzte für Eagle.

»Onkel sagt, Sie sind – sind *kaksamina* – einer, der weiß ist, und doch nicht weiß.«

John Eagle freute sich. Es waren wachsame und intelligente Männer, einfühlsam und intuitiv wie die meisten Primitiven. Er hatte jetzt den Kontakt zu ihnen, und mehr wollte er nicht. Sie waren ihm nicht gleichgestellt, und er wollte es nicht zu Vertraulichkeiten kommen lassen, denn auf seinen Schultern lag die Last der Verantwortung, wenn sie erst auf dem Polareis standen.

Es klopfte an der Kabinentür.

Es war Kulak, der Neffe. Er lächelte Eagle ernst zu. »Kapitän möchte Sie sofort sehen, Sir. Sagt, es ist sehr wichtig.«

In der Ecke, wo Eagle eine zusammengefaltete Decke auf den Boden gelegt hatte, knurrte der große Polarhund tief in der Kehle. Kulak beachtete ihn nicht.

Eagle sagte: »Ruhig, Thur!« Der Albino hörte auf zu knurren, aber seine hellen Augen folgten jeder Bewegung des Eskimos. Eagle, der wußte, daß sowohl Kulak als auch Uguk ihn um den Hund beneideten, schlüpfte in eine Bordjacke und folgte dem Jungen aus der Kabine.

Der Kapitän stand über einen Leuchtschirm gebeugt und studierte das Bild der Eisdecke etwa dreißig Faden über ihnen. Ihm gegenüber beobachtete der Erste Offizier einen Kreiselkompaß und die grünen Lichtimpulse eines Trägheitsnavigationssystems. Eagle kannte die Problematik ein wenig. Je näher das U-Boot dem Pol kam, desto ungenauer wurde der Kreiselkompaß, und das Trägheitsnavigationssystem übernahm seine Aufgabe. Es registrierte Bewegungen, die ostwärts gerichtete Erdrotation, und es registrierte ebenfalls Geschwindigkeit. Mit dem Pol als absolutem Bezugspunkt wußte der Kapitän immer, wo er war.

Jetzt sah der Kapitän von seinem Eisdetektor auf. »Ich suche eine offene Spalte, eine *polinja*, einen kleinen See. Aber ich fürchte, wir haben kein Glück. Juni ist ohnehin noch ein wenig zu früh. Ich glaube, wir werden uns mit einem Oberlicht begnügen müssen, wo das Eis dünn ist, und versuchen, durchzubrechen.«

Eagle nickte und ging zum Kartentisch. Der Turm des U-Boots war verstärkt und mit einer Eisramme ausgerüstet, die Mr. Merlin selbst entworfen hatte. Eagle starrte auf die Karte hinunter. »Wo sind wir genau? Wann können wir anfangen, Kapitän?«

Der Kapitän beugte sich vor und machte mit Bleistift einen Punkt auf die Karte. »Wir sind hier, etwa vierhundert Meilen südwestlich vom Pol. Das heißt natürlich, südwestlich auf die Sibirische Halbinsel zu. Nicht Alaska. Wir befinden uns fünfzig Meilen nördlich der Insel Ostrowa Medwesch. Ich habe Befehl, Sie im Umkreis von fünfundzwanzig Meilen von der Insel auf dem Eis abzusetzen.«

Während Eagle und der Kapitän sprachen, hatte der Erste Offizier die Wache am Eisdetektor übernommen. Jetzt rief er: »Käpt'n, ich glaube, da ist offenes Wasser! Nicht viel, aber –«

Der Kapitän verließ Eagle und ging zum Eisdetektor hinüber. Der Erste Offizier sagte: »Jetzt ist es vorbei, Sir. Aber ich habe es gesehen. Es sah gerade groß genug aus, um uns durchzulassen.«

Der Kapitän sprach schnell in ein Rohr. Eagle fühlte, wie das U-Boot sich auf die Seite legte und schlingerte, als es drehte. Er sah zu, wie die beiden Männer aufmerksam den Eisdetektor beobachteten. Er wußte, daß der Kapitän lieber eine *polinja* gefunden hätte, als durch das Eis zu brechen, selbst mit dem verstärkten Turm und der Eisramme. Der Turm war dicht mit empfindlichen Instrumenten bestückt.

Das U-Boot begann langsamer zu werden. Die schwachen Vibrationen der kraftvollen Motoren hörten auf. Eagle, der den Eisdetektor beobachtete, sah die dünne schwarze Linie, die anzeigte, daß es genau über ihnen offenes Wasser gab.

Der Kapitän trat neben ihn. »Man braucht Glück«, sagte er, »um in dieser Jahreszeit offenes Wasser zu finden. Sie müssen sich beeilen, Sir. Wir können dem Eis nicht trauen. Sobald wir aufgetaucht sind, setze ich Sie auf dem Eis ab und verschwinde wieder. Sind Sie marschbereit?«

Eagle und die Eskimos waren seit Wochen bereit. Er nickte. »Ja. Alles vorbereitet.«

Der Turm brach durch das Wasser. Die automatische Fernsehkamera an der Außenhaut zeigte graue Eisbrocken, die fast das Heck berührten. Gleichzeitig begann der Lärm, ein schleifendes, klirrendes Getöse, das U-Boot zu erfüllen. Es war, als befänden sie sich in einem arbeitenden Stahlwerk.

»Das Eis bewegt sich«, sagte der Kapitän. »Das habe ich befürchtet. Beeilen Sie sich bitte, dieses Eis ist nicht geheuer.«

Eagle informierte Uguk und Kulak und ging zu seiner Kabine.

Sie hatten den Drill während der Reise einige Male geübt, und er nahm nicht an, daß es Probleme geben würde.

John Eagle zog sich bis auf den Plastikanzug aus, überprüfte jede Tasche, jede Batterie, jeden Schalter und jede Verbindung. Das Chamäleon-Element war an seinem Platz und funktionierte, obwohl er nicht erwartete, daß es ihm viel nützen würde. Sein Anzug war ohnehin weiß und machte ihn so unsichtbar wie einen Eisbären.

Eagle zog sich leichte Socken und schwere Socken an. Dann Innenstiefel und Außenstiefel aus Seehundfell. Eine Garnitur Thermalunterwäsche über den Plastikanzug. Dann Seehundfellhosen und -hemd. Darüber eine schwere Parka mit Kapuze, beide mit der Fellseite nach innen. Eine Gesichtsmaske, die ein wenig wie eine Balaklawa aussah, und eine Schneebrille.

Als er fertig war, marschierte er schnell durch seine kleine Kabine. Es war nicht so schlimm, wie er befürchtet hatte. Er fühlte sich unförmig und unbeholfen, konnte sich aber überraschend gut bewegen.

Er bewaffnete sich nicht. Das konnte warten, bis sie auf dem Eis waren. Seine Waffen, der Helm für den Plastikanzug, Dutzende von Dingen, die er brauchen würde, waren alle auf den Schneemobilen in Folie und Segeltuch verpackt.

Thur stand auf, gähnte furchterregend und entblößte eine rosa Höhle und lange, weiße Zähne. Dann kam er, um sich an dem Mann zu reiben. Eagle klopfte ihm den Kopf, rieb ihm die Ohren und grub die Finger durch das dichte, weiße, äußere Fell bis in den weichen, wolligen Flaumpelz, den die Natur diesem Tier geschenkt hatte. Thur brummte vor Vergnügen und drückte sich gegen Eagle.

»Jetzt aber los«, sagte Eagle, »fang' an, dir deinen Fisch zu verdienen! Halt' dich 'ran, mein Junge. Ohne Arbeit kein Fisch!«

Thur war eine Art Versicherung. Mr. Merlins Schneemobile waren zwar in Lager drei getestet, aber noch nie in der Arktis erprobt worden.

Die beiden Eskimos warteten am Fuß der Leiter, die in den Turm führte. Die beiden waren angezogen wie Eagle, schleppten aber weittragende Gewehre, die mit einem sehr dünnen Öl überzogen waren, das hoffentlich nicht gefrieren würde.

Die Turmluke stand offen, der Lärm des heranpressenden Eises war jetzt ohrenbetäubend. Der Kapitän kam mit Dufflecoat, Pelzmütze und Gesichtsmaske die Leiter herunter. Die Maske verbarg nicht sein besorgtes Gesicht.

»Schnell!« befahl er. »Ich will mein Schiff nicht verlieren, verstanden? Der Druck macht sich schon bemerkbar. Steigen Sie auf das Eis – wir starten die Schneemobile und setzen sie über Bord. Beeilen Sie sich!«

Eagle kletterte als erster hoch. Er kam in eine dunkle, zwielichtige Welt. Eine rauchig-rote Sonne hing weit unten am südwestlichen Horizont. In alle Richtungen, bis an die Grenzen der Unendlichkeit, erstreckten sich die grausamen Druckfalten und *sastrugi*, gefrorener Schnee, den der Wind zu grotesken Figuren geschliffen hatte.

Im Augenblick wehte kein Wind, und Eagle war dankbar dafür. Er wußte, daß es nicht so bleiben würde, daß der Wind in diesem Teil der Welt innerhalb von Minuten von null auf hundertfünfzig Stundenkilometer anschwellen konnte. Im Augenblick machte sein Fehlen die Sache etwas leichter.

Rund um das U-Boot ächzte das Eis bedrohlich. An Bug und Heck blieben weniger als fünfzig Zentimeter offenes Wasser. Eagle glitt an einem Seil hinunter, wobei er die Füße gegen den schwarzen Stahl stemmte, und kam auf die Eisdecke. Schon jetzt konnte er die Kälte fühlen, ein fast greifbares Ding, das ihn warnte, nicht stillzustehen und keine Fehler zu machen.

Die Eskimos folgten ihm auf das Eis. Eine Luke auf Deck stand offen, die beiden Motorschlitten wurden an Taljen heraus- und hinübergeschwungen und dann zu Boden gelassen. Die Motoren liefen schon; Eagle war der Meinung gewesen, es sei besser, sie in der Wärme des Laderaums anzulassen. Er wußte, daß die Eskimos nichts von den Motorschlitten hielten. Eagle war selbst nicht sicher, aber was von Mr. Merlin kam, funktionierte gewöhnlich.

Das Eis ächzte furchterregend, machte splitternde und schleifende Geräusche, als es sich unter ihren Füßen bewegte und gierig nach dem Unterseeboot griff. Vom Turm aus salutierte der Kapitän. Die Luke schlug zu. Das U-Boot versank im Wasser.

Eagle begann, sich mit Thurs Geschirr zu beschäftigen. Zusammen mit den beiden Schneemobilen war ein Ein-Mann-Schlitten an Land gesetzt worden. Darauf befanden sich, gut verpackt und verschnürt, die wertvollsten und wichtigsten Teile seiner Ausrüstung.

Es gurgelte und zischte noch ein letztes Mal, als der Turm des U-Boots verschwand. Im selben Augenblick hörte das Eis auf zu ächzen, als hätte es erkannt, daß man ihm seine Beute gestohlen hatte. Die plötzliche arktische Stille dröhnte Eagle in den Ohren.

»Heute gehen wir nur ein paar Kilometer weit«, sagte Eagle zu den Eskimos. »Wir probieren unsere Ausrüstung und gewöhnen uns ein. Dann schlagen wir unser Lager auf, essen, und ich erkläre euch den Plan.«

Er breitete eine Karte auf dem Eis aus – es gab immer noch keinen Wind – und zog mit seinem behandschuhten Finger eine Linie, während Uguk und sein Neffe aufmerksam zusahen. Eagle verstand plötzlich, wie sehr er von den Eskimos abhing. Dies war ihre Welt, nicht die seine.

Eagle klopfte auf die Karte, um ihre augenblickliche Position zu bezeichnen, wie der Kapitän sie ihm gegeben hatte. Während er erklärte, übersetzte Kulak für Uguk. Im Lauf der Unterweisung behielt Eagle den älteren Mann sorgfältig im Auge und versuchte abzuschätzen, wieweit er alles verstand. Uguk, der älter war und in der Arktis erfahrener, würde sie durchbringen. Wenn sie überhaupt durchkamen.

Eagle zeichnete einen Halbkreis auf die Karte. Er verlief nach Westen, wandte sich nach Süden und kam dann ostwärts an einen Punkt, an dem in russischer Schrift »Tabor« stand. Es war ein dünnbesiedeltes Seehundsfänger-Dorf, das Eagle nur als Azimuth benutzte, um sich zu orientieren. Er hatte nicht vor, in die Nähe von Tabor zu kommen, das konnte gefährlich werden. Die Anlage, die er suchte – wenn es sie überhaupt gab – mußte sich irgendwo auf der Eisdecke zwischen Tabor und dem Punkt befinden, an dem er wieder ostwärts gehen wollte. Es hatte viel Zeit und Geld und die Berechnungen vieler Experten gekostet, um das zu erarbeiten.

Als Eagle sicher war, daß Uguk ihr Ziel kannte, sagte er zu Kulak: »Also los. Jeder von euch fährt ein Schneemobil. Ich komme mit dem Schlitten und Thur hinterher. Uguk wird uns führen. Langsam. Halbe Geschwindigkeit für die Motorschlitten.«

Uguk sah ihn an und zeigte nach Osten. Eagle nickte. Uguk legte den Gang ein. Die breiten Raupen griffen und fanden auf dem Eis Halt. Die vorderen Skier, jeder mit eigenem Stoßdämpfer und Einzelaufhängung, wippten auf und ab, als die Maschine begann, das unwegsame Eis zu überqueren.

Das Motorengeräusch der Schlitten klang in der Einsamkeit wie das leise Summen eines Generators. Eagle baute aus Eisstücken einen primitiven Hügel und schlug einen Stahlstab hinein. Ein orange-gelber Wimpel hing müde an seiner Spitze. Der Wind schwieg noch immer. Ein Glück, das nicht mehr lange dauern konnte.

Er nahm ein kleines, schwarzes, längliches Kästchen aus einer Plastiktüte: einen Leitsignal-Sender, der eine Reichweite von einhundertfünfzig Kilometern besaß. Seine dicken Finger mühten sich mit dem Einstellknopf, als er den Sender so stelllte, daß er in einer Woche mit der Arbeit beginnen würde. Das sollte reichen. Wenn er in einer Woche seine Aufgabe nicht erledigt hatte und auf dem Weg nach Hause war, dann brauchte er sowieso keinen Leitstrahl mehr. Der Kapitän, der in seinem schwarzen Metallhai unter dem Eis lauerte, würde das *biep-biep-biep* auch empfangen und wissen, daß es Zeit war, zum Rendezvous zu kommen.

Eagle vergrub den Sender in den Eisbrocken und schob losen Schnee darüber. Er hatte Thurs Zügel fallen gelassen, um zu arbeiten. Jetzt nahm der Schlittenhund sie auf und brachte sie ihm. Er drehte sich, um witternd in die Richtung zu starren, in der Uguk und Kulak nur noch schnell kleiner werdende, weiße Flecken im grauen Eis waren.

Die schwere Gesichtsmaske dämpfte Eagles Lachen, als er den Schlitten losmachte. »Okay, mein Junge, an die Arbeit. Du hast eine Menge angegeben – jetzt kannst du es beweisen. *Muuuusch – Muuuusch!*«

Thur zeigte alle seine Zähne in einem breiten Grinsen und warf sich schwer in das Geschirr. Der Schlitten bewegte sich vorwärts, die Kufen quietschten übers Eis. Eagle, der zwischen den Führungsstangen lief, warf einen letzten Blick zurück auf das gelb-orange Wimpelchen. Es hob sich, flatterte, fiel, hob sich aufs neue und stand steif und starr nach Süden. Der Wind war wieder da.

Die Stille war vorüber, als das Heulen des Windes stärker wurde. Es füllte die Leere mit einem wachsenden Schrillen. Der Wind hob losen Schnee und Eis und warf sie Eagle gegen den breiten Rücken. Er schob den Mann und den Hund, zerrte sie und stieß sie unfreundlich hin und her.

Thur lief jetzt in weiten Sprüngen. Mit dem Wind im Rücken

kamen sie leicht vorwärts. Das Eis war stellenweise hügelig und uneben, aber es gab lange, offene Strecken, wo der Schlitten ungehindert dahinglitt. Eagle, ein Mann, der mit kurzen Ruhepausen hundertfünfzig Kilometer laufen konnte, hielt mit dem großen Polarhund Schritt. Er berührte die Führungsstangen kaum und lief schnell und ohne zu ermüden.

7

Der Sturm wurde stärker und stärker und fiel ihnen direkt vom Pol her in den Rücken. Eagle, der einen Richtungssinn wie ein Kompaß besaß, hätte schon nach ein paar Kilometern Halt gemacht, aber Uguk bestand darauf weiterzumarschieren. Es ging immer noch relativ leicht vorwärts. Sie fanden zahlreiche ebene Rinnen zwischen den Druckfalten, und solange der Wind ihnen im Rücken blieb, wußte Uguk genau, wo er war. Nicht so Eagle. Aber er vergeudete keine Zeit. Er studierte die Eislandschaft mit dem Auge eines Apachen und begann nach den ersten paar Stunden zu verstehen, wie Uguk es machte. Genau wie die Indianer in seiner Heimat. Selbst in dieser endlosen Wildnis aus eisigem Nichts gab es Marksteine, Wahrzeichen und Geländeunterschiede. Wenn man wußte, wonach man suchte.

Sie fuhren weiter, bis die blutige Sonne unter dem Horizont versank. Um diese Jahreszeit verschwand sie etwa vier Stunden lang, um dann im Südosten wieder aufzugehen und weitere zwanzig Stunden an der Unterkante des Himmels entlangzutrödeln.

Der Sonnenuntergang machte in der arktischen Düsternis keinen wahrnehmbaren Unterschied. Sie sahen gerade genug, ohne die Coleman-Laternen zu benutzen. Das System hatten sie in Lager drei eingeübt. Uguk und Kulak machten sich mit Eissägen an die Arbeit und schnitten Blöcke aus einer haushohen Druckfalte, während Eagle das große Blanchardzelt aufstellte. Die Eskimos arbeiteten langsam, um nicht zu schwitzen, und stemmten sich gegen den ständig wachsenden Sturm. Innerhalb einer Stunde hatten sie um das Zelt eine Palisade gebaut, die sich nach Süden öffnete. Sie war ein vorzüglicher Windschtz und konnte viel schneller gebaut werden als ein Iglu.

Das Blanchardzelt war lichtdicht, und nachdem der Windschutz stand und sie sich für die Nacht zurückgezogen hatten, wurde die

Coleman-Laterne entzündet. Der Spezialbrennstoff war dickflüssig und widerwillig, aber Eagle schaffte es schließlich. Die Laterne blubberte, erwachte zischend zum Leben und tauchte das Zelt in weißes Licht. Kulak und Uguk plauderten leise miteinander und waren schon dabei, Tee zu machen und aus Dosen zu essen, die sie in einem Eimer Eiswasser auftauten, sobald sie den kleinen Ofen entzündet hatten.

Sie aßen schweigend, bis auf das Schmatzen und Rülpsen der Eskimos. Darin ähnelten sie den Orientalen, dachte Eagle. Er hörte auf, darüber nachzudenken, und wandte sich seinen Waffen zu. Er war kein Anthropologe. Er war ein gutbezahlter, ein außerordentlich gutbezahlter Abenteurer und, er zuckte vor dem Gedanken nicht zurück, er tötete, wenn es sich nicht vermeiden ließ. Er sah sich nur sehr selten in diesem Licht, aber genauso war es, und er gab zu, daß er nicht immer nur die Schuldigen tötete. Manchmal mußte er Unschuldige töten. Es hing alles von den Umständen und dem Glück des Augenblicks ab.

Es wurde warm im Zelt. Die drei Männer legten die Außenbekleidung ab. Thur schlief zufrieden in einer Ecke und öffnete nur dann und wann ein Auge, um sich zu vergewissern, daß Eagle noch da war.

Eagle zog sich schließlich bis auf seinen Plastikanzug ganz aus. Kulak und Uguk betrachteten den Anzug wie immer mit einer Spur von Ehrfurcht. Sie hatten diese Ehrfurcht vor dem weißen, schimmernden Zauberanzug, die vielleicht noch mit Abneigung und Furcht vermischt war, nie wirklich überwunden. Das Chamäleon-Element, was es darstellte und was es vermochte, lag weit jenseits ihres Begriffsvermögens. Und doch waren sie für Jakuten recht aufgeklärt.

Eagle nahm die Gaspistole aus ihrem Kunststoffkasten und der Schutzhülle. Die Eskimos hörten auf zu sprechen und sahen ihm aufmerksam zu. Sie waren von seinen Waffen ebenso beeindurckt wie von seinem Plastikanzug.

Die Gaspistole sah aus wie eine übergroße Luger. Sie besaß einen verlängerten Lauf, und an der Mündung befand sich ein Ringvisier. Die Pistole arbeitete mit CO_2 und feuerte einen schlanken, metallgefiederten, nadelähnlichen Pfeil, der bis fünfzig Meter tödlich war. Wenn man abdrückte, war außer einem kaum wahrnehmbaren *pschhhhh* nichts zu hören. Eagle war mörderisch exakt damit. Auf fünfzig Meter trafen von zehn abgefeuerten Pfeilen alle zehn ins Schwarze. Auf etwa hundert Meter traf er je nach Windrichtung und Gelände gewöhnlich mit sieben von zehn Pfeilen.

Der Wind war böig und fuhr mit eisigen Fingern in das Zelt. Eagle säuberte schnell die Gaspistole und ließ ein Magazin einschnappen. Er schob sie in das Plastikhalfter, das er an seinem Werkzeuggürtel trug. Die Gaspistole war ein lautloser, finsterer und effektiver Mörder, auf kurze Entfernungen. Für größere Entfernungen besaß er den Bogen.

Die Augen der Eskimos weiteten sich, als er den Bogen aus seiner Hülle nahm und die beiden Hälften zusammenschraubte. In einem Plastikköcher hatte er Dutzende von Pfeilen. Sie waren aus rostfreiem Stahl und den *Cloth-yard*-Schäften des Mittelalters nachempfunden – so wie auch der Bogen ein Nachbau des berühmten englischen *long bow* war; er hatte sowohl Kampf- als auch Jagdspitzen dafür. Abnehmbare Spitzen. Man konnte die Spitze durch eine Drehung des Schaftes lösen und sie im Opfer zurücklassen.

Eagle legte einen Pfeil auf die Sehne. Er spannte den Bogen langsam, die Muskeln wölbten sich in seinem rechten Arm und der Schulter, bis die Pfeilspitze genau auf der großen Schwiele seines linken Daumens lag. Er hatte schon mit drei Jahren seinen ersten Apachenbogen bekommen und nicht gewußt, was ein Bogenschützen-Handschuh war, bis er an der Ostküste ins College eintrat.

Langsam entspannte er die Sehne wieder. Er konnte die Eskimos ausatmen hören, als die Sehne nachließ. Beide hatten einoder zweimal versucht, den Bogen zu spannen, aber vergeblich.

Die Eskimos sagten ihm nicht gute Nacht. Das taten sie nie. Sie schliefen in ihren Schlafsäcken unvermittelt ein, wie müde Kinder. Eagle fragte sich, ob sie träumten wie zivilisiertere Menschen.

Er trank noch einen Tee und arbeitete weiter. Bevor er sich zur Ruhe legte, mußte alles überprüft werden. Er nahm an, daß sie nahezu fünfzig Meilen zurückgelegt hatten. Bald würden sie sich südwärts wenden und dann zurück nach Osten. Er rechnete nicht mit der Möglichkeit einer Konfrontation. Das wurde etwa hundertfünfzig Kilometer weiter zu einer Gefahr, nachdem sie sich wieder nach Osten gewandt hatten. Er mußte besonders darauf achten, nicht aus der Luft gesehen zu werden. Es war gut möglich, daß die Russen Aufklärungsflüge unternahmen, falls sie Verdacht geschöpft hatten; Mr. Merlin und Eagle mußten mit dieser Möglichkeit rechnen.

Kulak und Uguk schnarchten laut. Eagle warf ihnen einen Blick zu und drehte die Coleman-Laterne ein wenig herunter. Er arbeitete weiter, inspizierte, ölte und prüfte. Für den Nahkampf hatte er den Dolch mit dem messingbeschlagenen Griff und den kurzen Eisenholzknüppel mit dem fünfzehn Zentimeter langen Eispickel. Ein ausklappbarer Mörder von äußerster Präzision. Mr. Merlin hatte ihn, völlig ohne Schamgefühl, der Waffe eines alten Bekannten nachempfunden, eines New Yorker Gangsters, der auf dem elektrischen Stuhl gestorben war. Der Vorteil des Eispickels lag darin, daß er lautlos war, wenig Blut vergoß und nur eine winzige Einstichwunde hinterließ.

Eagle, der vorhatte, von jetzt an voll bewaffnet zu gehen, zog den Werkzeug- und Waffengürtel unter der Parka, aber über seiner übrigen Kleidung an.

Er besaß ein Dutzend zitronenförmiger Granaten, jede mit sorgfältig abgeklemmter Sprungfeder. Jede Granate trug einen kleinen Ring, und an seinem Gürtel gab es für jede einen besonderen Haken. Eagle, der tief in Gedanken versunken war, handhabte die farbigen Granaten scheinbar achtlos – die schwarzen waren Splittergranaten, die Todesengel; blau waren die Rauchbomben; rot das Tränengas; gelb das Giftgas. Eine Granate, Atomatron genannt, trug rot-weiß-blaue Streifen. Das war der wirkliche Zerstörer, der Erzmörder. Die Granate war brandneu, geradewegs aus Mr. Merlins Labor, und sie enthielt ein winziges Teilchen, ein Mikrogramm spaltbares Material. Kurz gesagt, es war eine taktische Nuklearwaffe. Eine winzige Atombombe. Einer der Wissenschaftler des alten Mannes nannte sie scherzhaft »die kleine Zehn-mal-zehn« – zehn Quadratkilometer totaler Zerstörung.

Eagle gab einem Impuls nach und zog sich schnell an. Er fühlte sich überhaupt nicht schläfrig. Als er fertig war, trat er vorsichtig aus dem Zelt und leuchtete mit der Taschenlampe das Thermometer an der Eispalisade an. Vierzig Grad minus.

Im Norden, über dem Pol, strahlte ein sehenswertes Nordlicht. Eagle hockte sich hinter das Zelt und sah zu, wie die langen Lichtstreifen auf dem riesigen Bildschirm des Kosmos flackerten und spielten. Er war kein Mann, der gerne übertrieb, doch er war sensibel, und fast widerwillig gestand er sich die Figur, die Metapher, ein, die ihm in den Sinn kam: eine riesige Gestalt, verschwommen in den Umrißlinien, saß vor einer Orgel und spielte eine Symphonie in Farben. Eagle hörte, ja tatsächlich, er *hörte* das Nordlicht.

Einige Sekunden genoß er die Illusion, dann schüttelte er sie ab. Er horchte aufmerksam nach links, als er sich jetzt dem Pol zuwandte. Er irrte sich nicht. Es war so schwach, daß man es kaum hören konnte, aber es gab keinen Zweifel: Kanonendonner drang mit dem bitteren Wind zu ihm.

8

Dr. Suthina Wotanja kam erst sehr spät ins Bett. Das Gespräch mit Oberst Sarkoff hatte sie beunruhigt, und sie hatte mehr Wodka getrunken als ihr guttat. Letzteres war eigentlich kein Problem – sie war keine Alkoholikerin –, aber es vertrieb den Schlaf. Also arbeitete sie.

Sie untersuchte die anderen Gehirne. Ohne Natascha waren es jetzt nur noch fünf (war es unmenschlich, ihre Gehirne mit dem Vornamen anzureden?), und nachdem sie sich überzeugt hatte, daß die übrigen fünf in Ordnung waren, ging sie ihre Patienten besuchen, die nicht weit von ihrer Wohnung in einem separaten Komplex untergebracht waren.

Jeder Patient, jeder kranke Geist, hatte sein eigenes, privates Apartment. Spärlich möblierte, aber helle und geheizte Fertigbauten mit Nissen-Dächern. Benning, Lewis und Pridwell, die drei zuletzt Entführten, befanden sich immer noch unter dem Einfluß von Betäubungsmitteln. Während der Monate, die es gekostet hatte, sie aus den Vereinigten Staaten herauszuschmuggeln und nach Sibirien zu bringen, hatte man ihnen starke Drogen eingegeben. Tage, ja Wochen würden vergehen müssen, bis Suthina die schwierige Aufgabe beginnen konnte, ihren wandernden Geist wieder ins Gleichgewicht zu bringen, die Wirklichkeit auf Gehirne einwirken zu lassen, die sich unter unerträglichem Druck von der Realität gelöst hatten, um Zuflucht und Geborgenheit in der Illusion zu suchen.

Dieser erste Sieg würde schwer zu erringen sein. Der zweite, der größere Sieg – sie dazu zu bringen zu leben, sich in die Arbeit für

Rußland zu finden –, das war die wirkliche Feuerprobe. Es war unglaublich schwierig und komplex. Je nach der ursprünglichen Stärke und Richtung ihrer politischen Neigung ging das bei manchen sehr gut, dann wurden sie zu freudigen Mitarbeitern. Andere, denen diese neue Wirklichkeit nicht zusagte, hatten Rückfälle und verschlossen sich völlig. Es hatte viele Mißerfolge gegeben. Eine Reihe von Selbstmorden, die in Moskau auf heftige Kritik gestoßen waren, aber im großen und ganzen war das Experiment ein Erfolg. Hervorragende Köpfe, ja Genies, konnten für den zukünftigen Ruhm der Sowjetunion gerettet werden.

Sie blieb nur kurz bei Benning und Lewis. Die beiden waren kaum bei Bewußtsein und starrten trübsinnig und verständnislos ins Leere. Sie sprach mit jedem ein paar fröhliche Worte, gab den Wärtern Anweisungen und ging wieder. Sie hatte sich den Besuch bei Henry Pridwell bis zuletzt aufgehoben. An Pridwell hatte sie größeres Interesse als an den anderen. Er war ein amerikanischer Arzt und Psychiater, der sich auf ihr Fachgebiet, die Psychoneuropharmakologie, spezialisiert hatte. Pridwell hatte zwei hervorragende Bücher über das Thema geschrieben, Bücher, die Suthina sehr intensiv studiert hatte. Sie waren sich über vieles einig, obwohl sie ihm in einigen wichtigen Punkten nicht zustimmte.

Pridwells Apartment befand sich ganz am Ende des Komplexes. Als sie Bennings Hütte verließ und über den festgetretenen Schnee ging, hörte sie den Eisbrecher seine Kanonen abfeuern. Es war ein vertrautes Geräusch, an das sie sich schon so sehr gewöhnt hatte, daß sie es kaum bewußt wahrnahm.

Der Eisbrecher, ›Lenin‹, bewachte Tag und Nacht die in Schnee und Eis vergrabene Anlage. Bevor sie hierher kam, hatte man Suthina in Moskau in allen Einzelheiten instruiert, aber es hatte sie damals nicht sehr interessiert. Die *Akademgorodki* lag eigentlich gar nicht auf dem Festland der sibirischen Halbinsel, sondern auf einer kleinen Insel, einer *Otrowa*, etwa eine halbe Meile vor der Küste. Es machte keinen Unterschied, weil die dicke Eisdecke alles bedeckte, aber die Sicherungsbeamten in Moskau hatten die Idee gehabt, den Eisbrecher zu benutzen, der um die Insel herum einen Graben freihielt.

Suthina fragte sich einen Moment lang, warum sie die Kanonen gerade jetzt hörte. Nerven? Ein neues Bewußtsein?

Schließlich feuerte der Eisbrecher seine Bordwaffen nur ab, damit sie nicht einfroren. So, wie ein Mensch sich ab und zu räuspert. Der Eisbrecher feuerte einmal pro Stunde ganz regelmäßig seine Maschinengewehre und Kanonen und tat das nun schon seit Tagen, Wochen, Monaten.

Suthina zuckte unter der Parka die Schultern und versuchte, die ganze Sache zu vergessen. Vielleicht würde sie dieses eine Mal, wenn sie von Pridwell zurückkam, ein paar Schlaftabletten nehmen. Der Wodka war keine gute Idee gewesen.

Sie kam an einer hohen Stahltür in der Eiswand des Tunnels vorbei, die mit einem schweren Querriegel gesichert war, wie man es manchmal bei kommerziellen Kühlräumen sieht. Sie wußte, daß das stillgelegte Tunnellabyrinth hinter der Tür als Lagerraum für kälteunempfindliche Materialien benutzt wurde. Zum Beispiel für Leichen.

Moskau war in diesen Dingen unerbittlich. Alles mußte seine Ordnung haben. Bei jedem Todesfall in der *Akademgorodki*, ob natürlich oder nicht, mußte es eine Leichenschau geben. Nur ein Generalinspektor oder sein Adjutant konnte diese Leichenschau abhalten. Die hohen Beamten besuchten die Stadt nicht sehr oft – höchstens zweimal im Jahr –, und so bewahrte man alle Leichen für sie auf. Für den endgültigen, offiziellen Stempel des Todes.

Kurz hinter der Stahltür kam eine Biegung. Der Eiskorridor verengte sich dort und endete dann vor der Hütte, in der Pridwell lebte. Suthina bog um die Kurve und war drei oder vier Schritte weitergekommen, als sie das unmißverständliche Knirschen von Stahl auf Stahl hörte. Die Tunnels trugen den Schall weit. Es lag etwas Verstohlenes, Heimliches in dem Geräusch, das sie mehr fühlte als hörte, als hätte jemand versucht, die große Tür geräuschlos zu schließen und sei abgerutscht. Sie drehte um und ging schnell zurück zur Biegung, auf Zehenspitzen, um das Quietschen ihrer Stiefel auf dem Schnee zu vermeiden. Sie hätte nicht sagen können, warum sie das tat. Schon wieder die Nerven? Aus demselben Grund, aus dem sie auch plötzlich die Kanonen hörte?

Vorsichtig und mit pochendem Herzen spähte sie gerade noch rechtzeitig um die Ecke, um eine große Gestalt verschwinden zu sehen. Der Mann war in Eile. Sie konnte das Nußknackergesicht nicht sehen, aber die Magerkeit und der geduckte Gang ließen keinen Zweifel: Boris Prokowitz!

Während sie zu Pridwells Hütte zurückging, versuchte Suthina,

Ordnung in ihre Gedanken zu bringen. Was hatte Prokowitz hinter der Stahltür im unbenutzten Teil der Anlage zu suchen? Dort war Sperrgebiet, das wußten alle. Die Tür war aus Sicherheitsgründen nicht abschließbar – sie führte zu einem der vielen Notausstiege, und wenn jemand in dem verlassenen Abschnitt versehentlich eingeschlossen wurde, erfror er in kurzer Zeit –, aber Oberst Sarkoffs Anweisung war nicht mißzuverstehen. Mit scharlachroten Buchstaben stand an die Tür geschrieben: ZUTRITT VERBOTEN.

Suthina zögerte vor den Stufen, die zu Pridwells Hütte führten. Sie konnte den Tatsachen nicht länger aus dem Wege gehen. Ob normal oder übergeschnappt, Boris Prokowitz war der Verräter, von dem Oberst Sarkoff gesprochen hatte. Sie hatte nicht die Spur eines Beweises, aber sie wußte es.

Suthina legte die Hand auf die Türklinke, drückte sie aber nicht hinunter. Das Atmen fiel ihr ein wenig schwer. Ob Boris Prokowitz tatsächlich wahnsinnig war oder nicht, war im Augenblick nicht so wichtig. Sie glaubte, sie wußte, daß er ein Verräter war und irgendwie von hier Funksignale sendete.

Warum also zögerte sie? Warum stand sie hier und vergeudete wertvolle Minuten, obwohl sie in diesem Moment eigentlich in Oberst Sarkoffs Büro stehen sollte, um ihm alles zu erzählen?

Sie tat es nicht. Später, dachte sie. Später. Es ist noch Zeit genug. Später?

Ein Krankenwärter war bei dem Amerikaner Pridwell. Suthina schickte ihn fort. Henry Pridwell saß im Pyjama und Morgenmantel auf der Kante seiner schmalen Liege und starrte Suthina an. Sie bemerkte sofort, daß die Medikamente kaum noch wirkten. Pridwell war ein kleiner, schlanker Mann Ende Fünfzig, mit grauem, dünn werdendem Haar und einer Knollennase. Er war unrasiert. Für einen so kleinen Mann besaß er ein bemerkenswert streitbares Kinn.

»Guten Abend«, sagte Suthina. »Wie fühlen Sie sich, Dr. Pridwell?« Ihr Englisch war recht ordentlich, aber er würde den Akzent natürlich sofort bemerken, dachte Suthina jetzt, während sie Pridwell zulächelte und versuchte, den Kontakt zu ihm herzustellen. Er war kein leichter Fall.

Sie hatte sich einen Rock angezogen, bevor sie die Krankenbesuche machte. Nun saß sie in einem Sessel der Liege gegenüber, und ihre Nylons knisterten leise, als sie die Beine übereinanderschlug. Sie zog den Rock hinunter und lächelte Pridwell erneut zu. »Wissen Sie, wo Sie sind, Dr. Pridwell?«

Ihre Blicke trafen sich. Pridwell fuhr sich mit der Hand durch sein unordentliches Haar. »Sie sind Russin?«

Suthina nickte lächelnd. »Natürlich, ich bin Dr. Suthina Wotanja. Sie haben vielleicht von mir gehört. Ich habe jedenfalls viel von Ihnen gehört, Dr. Pridwell, habe Ihre beiden Bücher mehrmals gelesen. Ich bewundere Sie sehr. Sie müssen wissen, daß ich ebenfalls Psychopharmakologin bin. Ich glaube, daß Sie und ich – falls wir zusammenkommen –«, ihr Lachen schien ihr einigermaßen zu gelingen, »große Leistungen vollbringen könnten.«

Sie wußte, daß sie zu sehr drängte. Sie konnte es nicht verhindern. Gedanken an Boris Prokowitz, an Natascha, das ermordete Gehirn, drehten und überschlugen sich in ihrem Kopf. Sie brauchte jedes Gramm Selbstkontrolle, das sie besaß, um dieses Gespräch mit Pridwell zu führen.

Warum war sie nicht in Oberst Sarkoffs Büro?

Pridwells typisch amerikanische Reaktion überraschte sie nicht. Sie war mit vielen Amerikanern befreundet gewesen.

»Der Teufel soll mich holen«, sagte Pridwell, »aber langsam fange ich an, die Sache zu glauben. Entweder spinne ich noch immer, oder ihr Schweine habt es wirklich fertiggebracht. Ihr habt mich gekidnappt. Ich bin irgendwo in Rußland.«

Suthina, die sich noch immer um Konzentration bemühte, zeigte ihre wohlgeformten Zähne in einem warmen Lächeln. »Ja, Dr. Pridwell. Sie sind in Sibirien, um genau zu sein. An einem Ort, den wir *Akademgorodki* nennen. Eigentlich ist es eine unterirdische Stadt. Oder vielleicht sollte ich besser sagen: eine Stadt unter dem Eis. Wir befinden uns zehn Meter unter der arktischen Eisdecke.«

Pridwell lächelte nicht wirklich. Seine dünnen Lippen spalteten sich kalt, um gleichmäßige, falsche Zähne zu enthüllen. »Ich sage ja: der Teufel soll mich holen«, wiederholte er. »Aber ich glaube Ihnen. Ich habe einen klaren Kopf, und ich glaube Ihnen. Ich träume nicht, dies ist kein Film oder Fernsehstück –«

»Ganz sicher nicht«, stimmte Suthina zu. »Sie haben einen sehr klaren Kopf, Dr. Pridwell. Ich bin froh, das zu sehen. Es macht die Sache für uns beide leichter. Sie sind krank gewesen, aber bald werden Sie wieder gesund sein. Sie müssen verstehen, wirklich verstehen, daß wir hier Ihre Freunde sind und –«

»Ach, hören Sie auf mit dem Freundschaftsquatsch«, sagte Pridwell. »Sie haben es eben selbst gesagt, Lady. Ich habe einen klaren Kopf, deshalb weiß ich, was hier vorgeht. Ich finde mich damit ab. Das Letzte, woran ich mich noch erinnere, ist die Klinik in Indianapolis. Jetzt bin ich in Sibirien, sagen Sie. Okay. Ich glaube Ihnen sogar, daß Sie wirklich Dr. Wotanja sind – ich habe über Sie in der Zeitung gelesen. Wissen Sie was, Dr. Wotanja?«

Sie kannte die Reaktion, sie war durchaus nicht ungewöhnlich. Offensichtlich würde Pridwell viel Zeit und Geduld kosten.

Sie lächelte ihn an. Sie wußte die Antwort schon, als sie fragte: »Was denn, Dr. Pridwell?«

Er enttäuschte sie nicht.

»Sie können sich zur Hölle scheren«, sagte er. »Sie und der Kreml und das Politbüro und sämtliche Kommissare! Ich weiß nicht, was Sie von mir wollen, oder warum Sie glauben, daß ich wichtig genug bin, um entführt zu werden, aber Sie haben Ihre Zeit verschwendet. Ich mache nicht mit. Nie und nimmer. Verstehen Sie das, Dr. Wotanja?«

Suthina stand auf und strich sich ihren Rock glatt. Sie lächelte ihn an. »Ich verstehe vollkommen, Dr. Pridwell. Ihre Reaktion ist ganz natürlich, und ich habe nichts anderes erwartet. Für heute auf Wiedersehen. Wir sprechen uns wieder.«

An der Tür sah sie zurück. Pridwell hatte sich auf der Liege umgedreht und starrte die Wand an.

Daheim in ihrer Wohnung war es behaglich warm. Suthina duschte sich und schlüpfte in den Pyjama, löste dann ihre Haare und begann sie zu bürsten. Sie fuhr sich mit der Bürste in langen, sinnlichen Bewegungen durch die dunklen Strähnen, was ihre Nerven erregte und ihre Brustwarzen hart werden ließ. Was für ein grotesker Unsinn, dachte sie, und wurde fast darüber ärgerlich, daß ihr Körper trotz des Aufruhrs in ihrem Kopf darauf bestand, ein Körper zu sein.

Suthina spielte mit dem Gedanken an mehr Wodka. Einen Moment lang dachte sie sogar daran, sich wirklich völlig zu betrinken und alles zum Teufel gehen zu lassen. Zwecklos. Ihr würde nur fürchterlich schlecht werden, und nachdem der Kater vorbei war, waren das Problem und der Oberst immer noch da.

Sie dachte an Schlaftabletten. Wenn sie zum Beispiel »aus Versehen« zu viele einnahm? Das würde alles lösen. Oder nichts. Manchmal holten sie einen zurück. In ihrem Falle wäre der Selbstmordversuch ein Eingeständnis ihrer Schuld.

Schuld? Sie hörte auf, sich die Haare zu bürsten und starrte sich im Spiegel an. Was für eine Schuld?

Sie konnte das Gesicht im Glas, die tiefen und sorgenvollen Augen nicht belügen. Sie war schuldig, schon seit langer Zeit. Aber jetzt kam es zum Höhepunkt. Prokowitz mit seiner verräterischen Handlung hatte als Katalysator gedient, und nun mußte sie es sich schließlich doch eingestehen: sie wußte Bescheid, und sie hatte nichts unternommen.

Sie hätte schon lange etwas sagen müssen. In ihren Akten hatte sie Informationen über den Mann, die Oberst Sarkoff nicht besaß. Doch sie tat nichts. Sie saß da, bürstete ihr Haar und hatte fast eine autoerotische Reaktion, während die Gefahr sich bedrohlich um sie verdichtete. Und noch immer schob sie den Augenblick der Wahrheit von sich. Den Augenblick, in dem sie zugeben mußte, was sie war, was sie nun schon seit langem war, und was sie wollte.

Sie erinnerte sich, gedacht zu haben, daß sie einen Bundesgenossen finden konnte, wenn es ihr gelang, den Mann zu finden, der die Funksignale sendete. Einen Bundesgenossen wofür? Flucht? Überlauf? Verrat?

Ja!

Jetzt waren die Worte heraus. Suthina starrte ihr Gesicht im Spiegel an. Sie war bleich, ihr voller Mund zuckte. Sie hatte es gesagt. Gedacht hatte sie es seit langem – es hatte keinen Zweck mehr zu leugnen, aber jetzt hatte sie es gesagt. Zu ihrem Spiegel und zu sich selbst.

Suthina fühlte sich, als sei eine große Last von ihr genommen worden. Jetzt wußte sie: Sie würde und mußte frei sein. Aber es durfte kein Verrat sein. Sie war keine Verräterin. Einen Augenblick lang dachte sie an Pridwell und verstand ihn gut. Auch sie würde ihr Vaterland nicht an den Feind verraten. Sie stand über dem schmutzigen Geschäft des Verrats und des Überlaufens. Sie war nicht im Begriff überzulaufen; sie rannte. Rannte um ihr Leben und um die Liebe und um eine Möglichkeit, Freiheit und Glück zu atmen. Dinge, die sie vor langer Zeit im Kaukasus gekannt und über die sie seitdem nicht oft nachgedacht hatte.

Ihr Vater hätte sie verstanden. Und ihre Mutter.

Es klopfte leise an die Tür. So harmlos das Geräusch auch war, ihr schien es, als griffe eine Krallenhand nach ihrem Herzen. Einen Augenblick lang war sie unfähig zu atmen oder zu schlucken. So schnell? Hatten sie sie so schnell gefunden?

Was für ein Unsinn! Sie legte die Bürste auf den Tisch, schlüpfte in einen Morgenmantel und ging zur Tür.

»Ja?«

»Suthina! Bitte lassen Sie mich ein, Suthina! Sie sind hinter mir her. Ich muß mit Ihnen sprechen. Ich brauche Hilfe!«

Es war Boris Prokowitz. Er stand da, unter all der dicken Kleidung zitternd, eine dürre Vogelscheuche mit den roten Druckstellen des Kneifers auf der vorspringenden Nase, und starrte sie aus kleinen, dunklen Augen an. Er schien noch ausgemergelter als gewöhnlich, und der kleine Spitzbart sah aus, als hätte man einen Büschel Haare an einen Totenschädel geklebt.

Plötzlich hatte sie Angst. Große Angst. Sie begann, die Tür wieder zu schließen.

»Bitte«, flehte Prokowitz. »Hören Sie mir nur einen Moment zu, Suthina. Es besteht keine Gefahr für Sie, wenn Sie mich einlassen. Noch nicht. Niemand weiß, wo ich bin. Und ich habe einen Plan. Noch ist Zeit, wenn wir schnell handeln. Bitte hören Sie mir zu, Suthina. Lassen Sie mich ein. In Ihrem eigenen Interesse. Wenn ich hier gesehen werde –«

Seine letzten Worte ließen die Furcht wieder in ihr hochsteigen. Er hatte recht. Wenn man Prokowitz verdächtigte, was jetzt sicher der Fall war, dann würde jeder, der mit ihm zusammen gesehen wurde oder ihm in irgendeiner Weise half, ebenfalls für schuldig gehalten werden. Dies ist ein Alptraum, aus dem ich lange nicht aufwachen werde, dachte Suthina.

»Suthina! Bitte . . .« Er lag fast auf den Knien und bettelte.

Sie ließ ihn ein. Bevor sie die Tür hinter sich schloß, sah sie in den eisigen Korridor. Er lag hellerleuchtet und verlassen da. Nichts bewegte sich.

Sie verschloß die Tür und drehte sich zu Boris Prokowitz um. Er hatte sich an der kleinen Bar zu einem Glas Wodka verholfen. Seine Hand zitterte stark, als er es jetzt hob und trank.

Er setzte das Glas ab und sah sie an. »Wir haben sehr wenig

Zeit«, sagte er. »Sie müssen mir zuhören und Ihre Entscheidung treffen. Ich habe von hier aus Funksignale gesendet, Suthina. Schon seit Monaten. Sehen Sie hier –«

Prokowitz zog seine Hose hoch. Mehrere Windungen Draht waren um sein dünnes Schienbein gewickelt. »Ich trage den Sender zerlegt mit mir herum, in meinen Taschen und an verschiedenen Stellen meines Körpers versteckt. Ich habe eine Stromquelle gefunden, von wo ich senden kann. Aber das ist jetzt nicht wichtig. Es ist fast vorüber. Oberst Sarkoff durchsucht alles und jeden. Ich habe beobachtet und zugehört. Sie sind jetzt im militärischen Teil und reißen alles auseinander. Dann nehmen sie sich den technischen Bereich vor, dann uns. Alles wird durchsucht. Labors, Wohnungen, alles! Und jeder. Jeder wird nackt ausgezogen und sämtliche Körperöffnungen abgetastet. Ich sage Ihnen, Sarkoff ist ein Teufel.«

Suthina sah Prokowitz an. Er füllte sich erneut sein Glas. Er zitterte nicht mehr.

»Warum kommen Sie zu mir?« flüsterte Suthina. »Warum von allen Leuten zu mir?«

Prokowitz hob sein Glas. »Eine Annahme. Ein Glücksspiel. Ich habe jetzt keine Zeit für lange Erklärungen. Aber irgend etwas in Ihrem Aussehen, in Ihrer Art zu sprechen, wenn Sie ein wenig unachtsam sind, wenn Sie glücklich sind – oder vielleicht vorgeben, es zu sein – hat mir den Gedanken eingegeben, daß ich bei Ihnen sicher wäre. Es wird auch über Sie geredet. Manche Leute trauen Ihnen nicht – also traue ich Ihnen.« Er lächelte. »Nun, Suthina? Wollen Sie mir helfen? Habe ich Sie richtig beurteilt? Wenn nicht, dann übergeben Sie mich besser schnell Oberst Sarkoff. Jede Minute, die Sie noch zögern, macht die Sache schlimmer für Sie.« Er zuckte die abgemagerten Schultern. »Gleich jetzt, in dieser Minute, können Sie es noch ohne Risiko tun.«

Sie wußte, daß er recht hatte. Selbst jetzt würde sie nicht unverdächtigt bleiben, aber die Zeit würde es fortwaschen. Etwas in ihr drängte danach, den Hörer abzuheben und Sarkoffs Büro anzurufen.

Boris Prokowitz beobachtete sie mit ruhiger Würde, die sie ihm nicht zugetraut hätte. Er hielt sein zweites Glas Wodka noch unberührt in der Hand.

Suthina ging zu ihm an die kleine Bar. Sie goß sich einen Drink ein und hielt das Glas hoch. Ich bin wahnsinnig, sagte sie sich, ich bin völlig wahnsinnig, man wird mich hinrichten. Aber ich muß es tun. Die Chance kommt nicht wieder.

Sie stieß mit ihm an. »Ich helfe Ihnen, wenn ich kann, Boris. Aber was soll ich tun?«

Sie tranken. »Ich muß mich verstecken«, erklärte er. »Ich kann es nicht auf eine Durchsuchung ankommen lassen. In meiner Unterkunft auch nicht. Sie und ich, wir wissen beide, daß man in dieser Stadt nichts verstecken kann. Jedes Stückchen Abfall muß belegt werden. Ich könnte meine Ausrüstung jemand anderem anhängen, aber so etwas will ich nicht. Also gibt es nur eins – ich muß verschwinden. Ich muß für tot gehalten werden. Aber da ich nicht tot sein werde, brauche ich Ihre Hilfe, um am Leben zu bleiben. Um zu überleben, bis sie kommen. Ich bin ein alter Mann, Suthina, mir geht es nicht gut, und ich bin sehr müde. Ich werde zweifellos bald sterben. Aber ich möchte in Freiheit sterben.«

Suthina setzte ihr Glas ab. Sie sah ihn nicht an. War er vielleicht doch verrückt? *Bis sie kommen?*

Sie fühlte Mitleid in sich aufsteigen, für ihn und für sich selbst. Sie stellte die Frage und fürchtete sich vor der Antwort.

Prokowitz sah sie lange an, bevor er antwortete. Als er es schließlich tat, enthielt sein Lächeln eine winzige Spur Wärme. »Ich verstehe sehr gut, was Sie über meinen Geisteszustand denken, Suthina. Sie sind sich nicht wirklich sicher. Manchmal bin ich es ja selbst nicht. Aber ich denke, es kommt jemand, um uns zu helfen.«

9

Die Motorschlitten zeigten hundertfünfzig zurückgelegte Kilometer an, als Eagle den Befehl gab, nach Osten abzudrehen. Alles war gutgegangen. So glatt, daß es ihm Sorgen machte. Der Wind hörte nie auf zu wehen, aber es war immer noch kein richtiger Sturm daraus geworden. Manchmal hörten sie die Kanonen, manchmal nicht. Einmal, als der Wind ein paar Stunden gleichblieb, hatte er die Schüsse gestoppt und herausgefunden, daß sie in regelmäßigen Abständen kamen. Einmal pro Stunde wehte der Klang schwach über den weißen Horizont zu ihnen.

Eagle trug schon seit einiger Zeit Eisstollen an seinen Stiefeln.

Schneeschuhe waren nicht nötig, und das Terrain war zu uneben für Skier. Sehr bald würde es auch für die Motorschlitten unpassierbar werden.

In den vier Tagen, die sie nun unterwegs waren, hatte John Eagle viel gelernt. Er hatte seine erste arktische Fata Morgana erlebt, eine Rentierherde, die es nicht gab. Er sah zu, wie Uguk versteckte Spalten und gefährlichen Schnee mied, als besäße er eine Art sechsten Sinn. Eagle sah alles und vergaß nichts.

Kurz nachdem sie sich nach Osten gewandt hatten, mußten sie die Motorschlitten aufgeben. Sie kamen in eine zerrissene Gletscherlandschaft. Die Sonne war schon untergegangen, als sie begannen, sich zu Fuß durch das unwegsame Gelände zu schlagen. Abgesehen von der Tatsache, daß die Klippen und Brocken, die Rinnen und Säulen aus uraltem Eis waren statt aus Stein, hätte das Ganze in Eagles heimatlichem Südwesten sein können. Die blutige Sonne fiel hinter den Horizont, und sie stapften weiter durch die weiße Wildnis, in das Blauschwarz des ewigen Zwielichts, eine dünne Marschsäule aus menschlichem und tierischem Leben, verloren in der großen Kälte.

Uguk ging voran. Die beiden Eskimos hatten jetzt ebenfalls Eisstollen angelegt und trugen Stöcke. Ihre Rucksäcke waren schwer, die Gewehre hingen ihnen über die Schultern. Eagle und Thur, der noch immer den Schlitten zog, bildeten die Nachhut. Der Schlitten war klein und paßte sich dem Gelände besser an als die Motorschlitten; Eagle hatte vor, ihn solange wie möglich zu benutzen.

Er trug die Gaspistole außen auf seiner Parka – sie fror nicht ein –, hatte den Bogen um die Schulter gelegt und einen Köcher voller Pfeile aus rostfreiem Stahl auf dem Rücken. Sie marschierten jetzt viel dichter zusammen. Uguk, der vorn ging, war kaum fünfzig Meter voraus.

Die Konfrontation kam plötzlich und ohne Vorwarnung, und ihr Ergebnis war verheerend. Die Eskimos und Eagle wurden davon ebenso überrascht wie die Russen. Der Wind, der mit sechzig Stundenkilometern über das Eis fauchte, kam von Norden und warnte nicht einmal Thur.

Sie arbeiteten sich gerade mit Eisstollen und Stöcken einen steilen und schmalen Hohlweg hinunter. Als sie unten ankamen und sich umdrehten, sahen sie eine russische Patrouille, die etwa fünfzig Meter entfernt in denselben Hohlweg bog.

Uguk bemerkte die Russen zuerst. Er stieß einen Schrei aus, den der Wind zerfetzte, und begann, nach dem Gewehr zu greifen, das er über der Schulter trug. Kulak war vor Überraschung starr. Nur Eagle handelte instinktiv und ohne sich Zeit zum Denken zu nehmen. Eagle und einer der russischen Soldaten.

Eagle ließ Thurs Zügel los und warf sich nach rechts. Er fiel auf die Knie, fand hinter einem Eiszacken, der in den Hohlweg ragte, notdürftig Deckung und begann, auf die völlig überraschten Russen zu feuern. Er hielt eine Spur höher, wegen des Windes, und fühlte, wie die Gaspistole in seiner behandschuhten Hand ruckte: *Pschhhh – pschhhh – pschhhh . . .*

Zwei der Russen gingen zu Boden und krallten im Todeskampf nach den Stahlpfeilen in ihren Leibern. Ein dritter Mann drehte sich zum Laufen und fiel über die Körper seiner Gefährten. Nur der vierte Russe, der als letzter marschiert war, verlor nicht die Nerven und reagierte wie Eagle. Aus irgendeinem Grund trug er seine Maschinenpistole in der Hand, statt über der Schulter; jetzt zog er durch und schickte den drei Männern und dem Hund eine lange, mörderische Salve entgegen.

Uguk und Kulak gingen wirbelnd und um sich schlagend zu Boden. Uguk lautlos, der Junge mit einem schrillen Schmerzensschrei. Thur gab ein wildes Knurren von sich und machte einen Satz, den beladenen Schlitten wie ein Spielzeug mitreißend. Eagle rollte im Schnee weg und fühlte, wie Eissplitter seine Gesichtsmaske trafen, als die Geschosse sich in die Wand neben ihm gruben. Er blieb unten und hielt die Pistole zum Zielen mit beiden Händen. Der Russe, der gefallen war, war wieder hochgekommen. Eagle traf ihn mit einem Pfeil in den Rücken. Der Mann schrie und fiel gegen den Russen mit der Maschinenpistole. Der Schütze versuchte, sich freizumachen und den liegenden Eagle ins Visier zu bekommen.

Eagle drückte noch zweimal ab, verfehlte aber sein Ziel. Er schoß jetzt in rascher Folge, und der Wind schlug die Metallpfeile aus der Richtung. Der Russe kämpfte sich von seinem sterbenden Kameraden frei und schwenkte die Maschinenpistole in Eagles Richtung.

Thur hatte in seinem rasenden Lauf durch den Hohlweg einen Zugriemen zerrissen. Der zweite hielt und machte einen Treibanker aus dem Schlitten, aber der große Polarhund war nicht aufzuhalten; seine entblößten Zähne gleißten vor Wut. Er warf seine hundertzwanzig Pfund geifernder Mordgier dem Russen an die Kehle. Der Mann riß die Maschinenpistole hoch, um den Hund abzuwehren. Die Waffe stotterte einmal und bekam Ladehemmung. Thurs Angriff warf den Russen zu Boden.

Eagle versuchte, noch einmal zu schießen, bevor Thur sprang. Nichts. Das Magazin war leer. Er ließ die Gaspistole fallen, rollte sich ab und kam mit einem Pfeil auf der Sehne seines Bogens wieder hoch. Er hatte keine Zeit zu schießen. Thur scharrte winselnd auf dem Eis und wiederholte seinen Angriff nicht. Der Russe sah Eagle den Bogen spannen, drehte sich um und lief davon. Sekunden später war er zwischen den Eisklippen verschwunden.

Unbeholfen auf den Eisstollen, stolpernd und beinahe fallend, rannte Eagle ihm nach. Der Soldat durfte nicht entkommen. Wie immer in einer Krise arbeitete Eagles Gehirn wie ein Computer. Je nach dem Wind bestand die Möglichkeit, daß die Schüsse unbemerkt geblieben waren. Aber wenn der Mann entkam . . .

Die schmale Rinne öffnete sich auf eine weite weiße Ebene von der Größe eines Fußballfeldes. Jenseits dieser arktischen Pfanne erhob sich ein weiterer Haufen Eisklippen und -brocken. Der Russe, eine schwarze Zielscheibe vor dem weißen Eis, rannte verzweifelt auf die Deckung zu. Er trug Stollen wie Eagle, wankte und taumelte unbeholfen wie ein Pinguin über das Feld.

John Eagle hielt und stemmte die Füße ein. Er fühlte den Biß des Windes an seiner linken Wange, schätzte die Stärke, stellte sich darauf ein, spannte den Bogen und ließ den Pfeil schnellen.

Er traf den laufenden Mann in den Schenkel kurz über dem Knie. Der Russe schrie auf und fiel der Länge nach in den Schnee. Eagle lief ihm nach.

Er näherte sich dem Liegenden vorsichtig, mit schußbereitem Pfeil. Eine lange, verschmierte Blutspur zog sich über das Eis. Als er ihn erreichte, warf der Mann sich auf den Rücken, starrte durch die Augenschlitze seiner Maske zu Eagle auf und begann, in seiner dicken, dunklen Parka herumzufummeln. Eagle langte schnell hin und schlug ihm brutal auf das Handgelenk.

»Njet«, sagte Eagle. Er sprach auf Russisch weiter. »Mach mir keine Schwierigkeiten. Tu, was ich sage, dann werde ich dich nicht töten.«

Das war eine Lüge. Und doch war es keine Lüge: *Er* würde den

Mann nicht töten. Seine Stimme klang hart und unerbittlich. Er sagte: »Dreh dich um. Auf das Gesicht. Arme ausgestreckt. Keine Tricks! Kapiert?«

Der Russe nickte. Er drehte sich um und breitete die Arme aus. Eagle setzte sich rittlings auf ihn, beugte sich nach vorn und streifte den Bogen so über den Kopf des Mannes, daß der Stahldraht an seinem Adamsapfel lag. »Eine Bewegung, und ich schneide dir die Kehle durch!« Der Mann nickte nicht einmal.

Eagle durchsuchte ihn schnell und gründlich. Er fand nur eine Waffe, eine Tokarew im Schulterhalfter. Er warf sie in eine Spalte. Dann nahm er den Bogen vom Hals des Mannes und trat zwei Meter zurück. Er legte einen Pfeil auf die Sehne und befahl seinem Gefangenen, sich wieder umzudrehen.

Der Russe gehorchte langsam und unter Schmerzen. Der Pfeil stak immer noch in seinem Bein, und Eagle machte keine Anstalten, ihn zu entfernen. Es war wirklich nicht mehr wichtig. Davon ahnte der Russe allerdings noch nichts.

Über eins war sich Eagle im klaren. Er war auf dieser ungeschützten Ebene zu lange dem Wind ausgesetzt gewesen. Sein Blut wurde zähflüssig, seine Bewegungen langsam und anstrengend. Der Plastikanzug heizte nicht wie er sollte. Er mußte die Sache so schnell wie möglich hinter sich bringen.

»Ich stelle die Fragen«, sagte Eagle. »Du antwortest. Wahrheitsgemäß und sofort. Kapiert?«

Hinter der Maske glitzerte es herausfordernd. »Njet!« Trotzig. »Ich sage nichts.«

Eagle hob den Bogen. »Du wirst sprechen!« Es kostete ihn fast seine gesamte Kraft, den mächtigen Bogen zu spannen. Der Wind tötete ihn langsam, aber sicher. Wenn er in den nächsten zehn Minuten nicht irgendwo Schutz fand, erfror er.

Der Russe bemerkte sein Zögern und faßte Mut. Er wiederholte: »Njet!«

Ein Fehler. Ein begreiflicher Fehler, weil er John Eagle nicht kannte.

Eagle schoß dem Mann einen Pfeil durch das andere Bein, das linke, kurz über dem Knie. Der Mann schrie und krümmte sich auf dem Eis. Langsam sagte Eagle auf Russisch: »Du wirst sprechen, Hurensohn, sonst siehst du bald aus wie ein Nadelkissen.« Er legte noch einen Pfeil auf und spannte erneut den Bogen.

»Da?«

Der Mann hatte angefangen zu weinen. *»Da – da,* ich spreche, ich spreche!«

Die Worte ergossen sich wie ein Sturzbach. Eagle hörte zu, unterbrach, überprüfte und hörte wieder zu. Er spürte die Kälte nicht mehr. Eine lähmende Müdigkeit kam über ihn. Er wußte, wie nahe er dem Tode war, und doch hörte er zu und bohrte weiter, nur von dem Willen getrieben, nicht zu erfrieren, weiterzuleben. Er fühlte den Plastikanzug unter seiner Außenbekleidung. Kalt – zu kalt!

Der Wind wurde jetzt stärker, sein Heulen schriller, es begann Schnee zu fallen. Uguk hatte gesagt, daß es bald schlechtes Wetter geben würde.

Schließlich konnte Eagle nicht mehr. Er ging wieder zu dem Russen. »Genug. Dreh dich um.«

Augen bettelten durch die Gesichtsmaske. »Sie werden mir helfen, *da*? Sie werden mich nicht töten?«

»Nein«, versprach Eagle. »Ich werde dich nicht töten.« Es war eine Scheinwahrheit. Als der Mann sich unter Schmerzen noch einmal umgedreht hatte, gab Eagle ihm einen Karateschlag in den Nacken. Er würde nicht mehr aufwachen.

So schnell er konnte, riß Eagle dem Mann die Kleider vom Leib. Er wußte, daß er nahe daran war, ihm in die Bewußtlosigkeit zu folgen, und dies war der gnädigste Tod, den er ihm gewähren konnte. Er warf die Kleider in die schmale Spalte neben sich und stolperte zurück zu dem schützenden Hohlweg, in dem der Kampf stattgefunden hatte. Er schlurfte vorwärts, stolperte und fiel mehrmals fast zu Boden. Seine Beine wogen jedes eine Tonne, und seine Brust war mit Baumwolle ausgestopft. Sein Kopf war vernebelt, und einmal verlor er fast das Bewußtsein. Das wäre der sichere Tod gewesen.

Er glitt in den Hohlweg. Der Wind hörte schlagartig auf. Es war, als wären tausend eisige Pfunde von seinem Körper gehoben worden. Eagle blieb nahe am Boden und kroch auf dem Bauch bis an die Stelle, wo Uguk und Kulak als verkrümmte Pelzhaufen im Schnee lagen. Es dauerte nur Sekunden, um festzustellen, daß sie beide tot waren. Von Thur keine Spur.

Der Schnee fiel jetzt dichter. Der Wind trieb ihn durch den Engpaß wie kalte, feuchte Federn im Windkanal und überzog alles mit einem naßkalten Film. Eagle kroch zum Schlitten. Der zerrissene Zugriemen hatte sich an einer Kufe verfangen. Er untersuchte den anderen Riemen: durchgenagt. Eagle erhob sich auf Hände und Knie und sah sich um. Von Thur war nichts zu sehen. Wieder sank er zu Boden, weg von dem Wind, der durch den oberen Teil des Hohlwegs fegte, und dachte kurz nach. Eigentlich gab es nicht viel nachzudenken. Er brauchte bessere Deckung, Wärme und eine Möglichkeit, sich zu erholen. Sonst war er ein toter Mann.

Er richtete den Schlitten auf und holte sich einen Eispickel. Damit schlug er eine flache Höhle in eine Wand des Hohlwegs, langsam, um nicht zu schwitzen. Das Atmen schmerzte. Als er die ein Meter hohe und zwei Meter tiefe Nische fertig hatte, warf er den Pickel weg und suchte auf dem Schlitten, bis er eine Hälfte des Blanchardzelts fand. Das halbe Zelt hängte er über das Loch im Eis, schlug Krampen ein, um es abzusichern und beschwerte die losen Enden mit Eisbrocken, die er aus der Wand schlug. Er kroch in die dunkle Höhle, rollte sich zusammen wie ein Embryo und atmete auf. Er war völlig vor dem Wind geschützt und relativ warm. Nun würde er nicht erfrieren.

Zu schlafen wagte er nicht. Er zwang sich hinaus in den Wind und den treibenden Schnee und holte sich Lebensmittel, eine kleine Pfanne und den Primuskocher vom Schlitten. Wieder in seinem Loch, entzündete er den Kocher und hockte sich darüber, während er eine Pfanne voll Schnee und Eis schmolz. Er machte sich Tee und trank ihn glühend heiß und schwarz. Dann aß er gefrorene Brocken Rindfleisch, in heißem Tee aufgeweicht. Eine halbe Stunde später, nach dem Essen und dem Tee, war sein Körper wieder warm geworden, und mit dem kleinen Ofen fühlte er sich so behaglich, wie das unter den Umständen nur möglich war. Seine Kraft kehrte zurück. Er nagte an einem steinharten Biskuit und horchte auf den Wind, der durch den Hohlweg pfiff und tonnenweise Schnee vor sich hertrieb. Es gab im Moment nichts mehr zu tun. Der Schneesturm hatte ihn festgenagelt. Aber er lebte, während alle anderen tot waren. Soweit er Pläne hatte, mußten sie geändert werden. Er war allein. Allein gegen Sibirien.

Eagle hatte den Schlitten dicht neben seine kleine Höhle gezogen. Als er jetzt hinausschlüpfte, um seinen Schlafsack zu holen, hörte er das klägliche Winseln. Thur! Der Hund lebte noch.

Eagle kroch auf Händen und Knien weiter und drehte dem Wind den Rücken, wann immer er konnte. Der Wind heulte durch den Hohlweg wie ein Dämon, der sich endlich aus Sklaverei und Folter befreit hat. Die Sicht betrug weniger als einen Meter. Eagle war sofort von einer dicken Decke feuchten, klebrigen Schnees bedeckt.

Das Winseln hörte nicht auf. Es war jetzt näher. Eagle legte die Hände an den Mund und rief in den Sturm: »Thur? Hier, mein Junge! Hier – hier – Thur – Thur . . .«

Das Winseln hörte auf. Der Hund bellte einmal kurz, dann kam wieder das Winseln. Das Tier hatte starke Schmerzen, daran bestand kein Zweifel. Eagle senkte den Kopf und kroch weiter. Er konnte das Tier keuchen und schnüffeln hören. Dann kam wieder das kurze Bellen.

»Thur? Wo, zum Teufel, bist du?«

Thur hatte eine natürliche kleine Höhle gefunden, die der Wind aus dem Fuß der Eiswand geschliffen hatte. Nachdem er sich von dem Schlitten losgenagt hatte, hatte er sich darin zusammengerollt, seine Wunden geleckt und sich vom Schnee zudecken lassen. Jetzt grub Eagle durch die Schneekruste und berührte den Kopf des Hundes. Thur grollte ein Willkommen und winselte dann wieder.

Eagle suchte unter der Parka nach seinem Werkzeuggürtel und holte die Taschenlampe heraus. Er rieb dem Hund ermutigend den massigen Kopf. »Der Doktor ist da, Junge. Laß sehen, was passiert ist.«

Es war schlimm. Thurs rechtes Vorderbein war zwischen Fessel und Ellenbogen fast abgerissen. Die Kälte, der Schnee und das Eis hatten die Blutung gestoppt, aber die Pfote hing an einer einzigen dünnen Verbindung aus Sehne und Muskel. Der zertrümmerte Knochen glänzte bläulich im Lichtkegel. Eagle sah sofort, daß er die Pfote abnehmen mußte, wenn er den Hund retten wollte.

Seine Hand glitt zu der Gaspistole, die er wiedergefunden, geladen und in das Halfter zurückgesteckt hatte. Ein Pfeil in den Kopf wäre ein schmerzloser Tod gewesen.

Thur wimmerte nicht mehr. Seine Augen ließen nicht von Eagles Gesicht.

Eagle dachte daran, wie Thur sich samt Schlitten auf den Russen geworfen hatte. Einen Moment lang war Eagle da auf dem Boden ausgestreckt gewesen, und während er versuchte zu zielen, hatte der Russe *ihn* im Visier gehabt. Es war, als spule sich eine Bandaufnahme in seinem Kopf ab, als er noch einmal erlebte, wie der Mann seine Maschinenpistole herumriß, um dem angreifenden Hund zu begegnen.

Eagle stieß die Gaspistole ins Halfter zurück. »Okay, mein Junge. Du hast dir eine Chance verdient. Mal sehen, was ich für dich tun kann.«

Er ließ Thur zurück und kroch zum Schlitten, um nach dem Erste-Hilfe-Kasten zu suchen. Er war klein, kompakt und erstaunlich vollständig. Eagle fand, was er suchte, und ging zu dem Hund zurück. Wenigstens der gottverdammte Äther war nicht gefroren, dachte er grimmig. Er konnte ihn in der Dose glucksen hören.

10

Eagle lag flach ausgestreckt am Rande der Schnee-Ebene und studierte die leicht gewellte, weiße Landschaft, die sich von den zerklüfteten Eisgebirgen in seinem Rücken bis zur Ostsibirischen See erstreckte. Der Küstenverlauf war nicht auszumachen – das Eis überdeckte Hunderte von Kilometern weit Land und Wasser –, aber er nahm an, daß es von seinem Standpunkt bis zum Salzwasser etwa zehn Kilometer waren.

Eagle stellte sein Fernglas ein wenig schärfer. Die arktische Luft war so kristallklar, daß es jedes Detail scharf nachzeichnete.

Das Donnern der Kanonen des Eisbrechers drang jetzt erneut zu ihm. Klar und deutlich. Er schwang das Fernglas herum, um den Eisbrecher zu studieren. Schlau, diese Russen. Und dumm. Sie hatten das kraftvolle, kleine Schiff als Eisberg getarnt. Es war hervorragend gemacht, und nur der schmale Streifen schwarzen Wassers, den es bei seinen unaufhörlichen Umrundungen der Insel hinterließ, verriet es. Aus der Luft hätte es jeden Piloten getäuscht.

Eagle lachte grimmig unter seiner Maske. Schlau. Und dann machten sie alles zunichte, indem sie einmal pro Stunde aus allen Rohren feuerten! Er nahm an, daß sie wahrscheinlich nur mit Gefahr aus der Luft rechneten. Es wäre ihnen nie in den Sinn gekommen, daß eine Abteilung, viel weniger noch, ein einzelner Mann, versuchen würde, über das trügerische Eis zu ihnen durchzustoßen.

Aber der russische Befehlshaber, wer er auch war, war kein Dummkopf. Er hatte zum erstenmal seit Monaten eine Patrouille ausgesandt. Bevor er ihn der Eiseskälte überlassen hatte, hatte Eagle von dem russischen Soldaten viel erfahren. Erst später, als seine eigene Krise vorüber war und er Thurs Bein amputiert und genäht hatte, den defekten Thermostat in seinem Plastikanzug gefunden und ausgewechselt hatte, war er in der Lage gewesen, die Informationen zu ordnen.

Der sterbende Russe – hatte er geahnt, was kommen würde? – hatte vor Schmerz und panischem Schrecken wie wild geredet. Er war nur ein einfacher Soldat, er führte nur Befehle aus, aber auch er wußte, daß in *Akademgorod* etwas nicht in Ordnung war.

Durchsuchungen fanden statt. Die gesamte Anlage wurde auseinandergenommen. Sie starrten den Leuten sogar ins Hinterteil, ganz gleich, ob Männer oder Frauen.

Eagles Lippen zuckten unter der Maske, und er rollte sich auf den Rücken, um in den blauschwarzen Himmel zu starren. Die rote Sonne hing wie gewöhnlich tief am südwestlichen Horizont. Bald würde sie für ein paar Stunden verschwinden. Dann wollte er los.

Der Schneesturm hatte ihn einen Tag gekostet. Er wußte, daß er trotzdem Glück gehabt hatte. Nachdem der Wind mit über hundert Stundenkilometern übers Eis gerast war, hatte er sich ebenso schnell wieder gelegt, wie er gekommen war. Als Eagle ins Freie trat, hatte sich seine stumpfweiße Welt völlig verändert. Selbst für ein geländekundiges Auge wie das seine sah nichts mehr aus wie vorher. Von den toten Russen und Eskimos keine Spur, nicht einmal ein verräterisches Hügelchen. Es war, als hätten sie nie existiert. Eagle dachte nicht mehr an sie, außer daß er immer wieder sämtliche Informationen durchging, die der Soldat ihm gegeben hatte.

Er bewegte das Schneeglas weiter, stellte es schärfer und fand, was er suchte. Selbst mit dem Glas war es schwer auszumachen: ein Notausstieg, ein kurzer, weißer Kamin, der aus dem Eis ragte und mit einem kleinen roten Stern markiert war. Der Stern war das einzige, was ihn sichtbar machte, und Eagle wußte, daß es verdammt hart sein würde, ihn in der arktischen Dämmerung zu finden. Finden mußte er ihn. Es war sein einziger Zugang zu der

Anlage unter dem Eis.

Nachdem er die *Ostrowa* etwa eine Stunde lang beobachtet hatte, stellte Eagle einige Überlegungen an und traf Entscheidungen. Jetzt hing sein Leben davon ab, wie recht er hatte.

Der Notausstieg, den er sich ausgewählt hatte, kaum sichtbar durch das Fernglas, lag sehr nahe an dem dunklen Wasserstreifen auf der entfernten Seite der Insel. Er nahm an, daß es der am weitesten vom Zentrum des Komplexes gelegene Ausstieg war. Es schien logisch zu sein, falls das Bild, das er sich von der Anlage machte, stimmte – aber natürlich konnte er völlig falsch liegen. Und daran zugrunde gehen.

Eagle drehte sich um und begann, auf dem Bauch zurück zu dem Engpaß zu kriechen, in dem er Thur gelassen hatte. Der Durchlaß war tief und schmal, von überhängendem Eis geschützt und bot viele natürliche Höhlen. Während er mühelos vorwärtskroch – das Eis war hier glatt und hatte eine blauweiße Farbe –, fragte Eagle sich erneut, warum er den Hund nicht getötet oder einfach zurückgelassen hatte. Statt dessen hatte er die Pfote amputiert, nachdem er das riesige Biest narkotisiert hatte, was allein schon eine Schwerarbeit gewesen war, hatte die Haut und Muskelreste beschnitten und alles vernäht. Thur hatte es ihm gedankt, indem ihm schlecht wurde und er Eagle von oben bis unten vollspuckte, als er aus dem Ätherrausch erwachte.

Jetzt, als Eagle die schützenden Eiskämme erreichte und wieder aufrecht ging, war er froh, das Tier gerettet zu haben. Wenn er Thur schließlich doch aufgeben mußte, was wahrscheinlich war, dann hatte der Hund wenigstens eine Chance. Er mochte sich von der Jagd ernähren können, wenn das Bein einmal geheilt war.

Thur bellte, als Eagle die Höhle betrat. Er saß in einer Ecke beim Schlitten, das rechte Vorderbein dick verbunden. Eagle kraulte ihm die pelzigen Ohren. Thur bohrte seine Schnauze in Eagles Parka und bellte dann noch einmal. Eagle verstand. Er holte den Sack mit Seehundfleisch und Fisch und fütterte den Hund. Dann streckte er sich in seinem Schlafsack aus, drehte den Thermostat des Plastikanzugs herunter und sah zu, wie Thur seine Mahlzeit verschlang. Schläfrig hörte er auf den Wind, der vor der Höhle wieder aufgefrischt war, und spielte seinen Plan im Geiste noch ein letztes Mal durch.

Er rechnete nicht damit, daß es schwierig sein würde, in die

Stadt unter dem Eis zu kommen. Sein Plastikanzug ließ sich auch als Taucheranzug verwenden, und er hatte eine kleine Sauerstoffflasche bei sich, die sich mit dem Helm verbinden ließ. Bei diesem Unternehmen hatte er den Helm noch nicht benutzt, aber er hatte ihn überprüft. Alles war in Ordnung.

Nichts war einfacher, als in das dunkle Wasser zu gleiten – es war sehr viel wärmer als die Luft – und durch den schwarzen Graben zu schwimmen, bis er zu dem Notausstieg kam, den er sich ausgesucht hatte. Er würde aus der Flasche atmen und Flossen tragen, und das Ganze sollte ohne Schwierigkeiten zu schaffen sein. Aber es mußte während der kurzen arktischen Nacht erledigt werden, und zwar so schnell wie möglich. Er mußte also seine schützende Kleidung zurücklassen und sich allein auf seinen Plastikanzug verlassen. Er mußte alle Waffen mit sich führen und jedes Stück Ausrüstung, das er vielleicht brauchte. Dann mußte er den Ausstieg finden und hinunterklettern. Hinein in – was?

Das war sein Risiko: Er wußte es nicht. Aber er wollte trotzdem bei diesem Notausstieg bleiben.

Wenn er einmal drinnen war, mußte er einen russischen Wissenschaftler namens Boris Prokowitz finden. Einen Mann, der mit einem selbstgebauten Sender Funksprüche sendete und mit »Rasputin der Zweite« unterzeichnete.

Seine Instruktionen in Hawaii waren gründlich und erschöpfend gewesen. Mr. Merlin – ein alter Mann, der mit dem Phantastischen handelte wie ein Kaufmann mit trockenen Bohnen –, Mr. Merlin hatte zugegeben, daß er nicht einmal raten konnte, was auf Eagle wartete, wenn und falls er sich Zugang zu der geheimen Stadt unter dem Eis verschaffen konnte.

»Sie werden einfach improvisieren müssen«, sagte Mr. Merlin. »Versuchen Sie, von einer Minute auf die andere am Leben zu bleiben. Wir wollen diesen Mann, diesen Rasputin, davon in Kenntnis setzen, daß Sie unterwegs sind. Vielleicht bekommt er unsere Nachricht, vielleicht nicht. Selbst wenn, ist er vielleicht nicht in der Lage, Ihnen zu helfen. Er ist ein alter Mann und sehr wahrscheinlich krank. Alles hängt von Ihnen ab. Von Ihnen allein! Wenn irgend möglich, dann bringen Sie diesen Rasputin, diesen Boris Prokowitz, heraus. Ebenfalls alle anderen Wissenschaftler, die kommen möchten – Amerikaner, Briten, selbst Russen, wenn möglich. Ich weiß nicht und kann Ihnen auch nicht sagen, wie Sie das schaffen sollen. Das ist *Ihre* Aufgabe. Ich kann nicht einmal mit Bestimmtheit sagen, daß Sie Prokowitz oder irgendeinen anderen Wissenschaftler dort vorfinden werden. Dieses gesamte Unternehmen basiert auf einer Serie von Extrapolationen, Induktionen und Vermutungen. Kurz gesagt, es ist ein Glücksspiel. Ob Sie Prokowitz oder jemand sonst nun finden oder nicht, Sie werden natürlich vor allem Ihr eigenes Leben retten. Um dies zu gewährleisten und sicherzustellen, daß man Ihnen nicht folgt, kann es nötig werden, die gesamte Anlage zu zerstören. Sie haben eine Atomatron-Granate bei sich. Ob Sie die benutzen oder nicht, liegt ganz allein bei Ihnen.«

Ja, dachte Eagle. Ganz allein bei mir. Nun ja, er würde sehen. Er hatte nichts dagegen, in Erfüllung seiner Pflicht zu töten. Es war einfach eine Tatsache wie Gut und Böse. Hauptsache war, jedenfalls im Denken eines Apachen, daß man selbst so lange wie möglich am Leben blieb. Und jetzt, so kurz vor dem entscheidenden Einsatz, dachte er wie ein Apache. Es war seine beste Überlebensgarantie.

Eagle stellte den automatischen Wecker in seinem Gehirn und schlief ein. Kurz bevor die Dunkelheit ihn überkam, fragte er sich, nicht zum erstenmal, warum dieser Prokowitz eigentlich so wichtig war. Ein alter Mann, der vielleicht noch lebte, vielleicht aber auch nicht. Der vielleicht bei Sinnen war, vielleicht aber auch nicht.

Mr. Merlin erzählte einem eben nicht immer alles, was er wußte.

11

Suthina Wotanja arbeitete im Gehirnlabor, als sie kamen. Sie hatte sie erwartet und kämpfte, seit sie Boris Prokowitz in seinem Apartment verlassen hatte, verzweifelt darum, die Nerven zu behalten. Sie war furchtbar nervös. Die Beruhigungstabletten halfen überhaupt nicht. Sie hatte dunkle Ringe unter den Augen, und ihre Kehle fühlte sich trocken und rauh an. Ab und zu brach ihr am ganzen Körper feiner Schweiß aus, ihre Hände und Knie zitterten. Sie fand es lächerlich, daß sie ihren Körper nicht besser unter Kontrolle hatte, aber daran war nichts zu ändern.

Major Georgi Penoff, Sarkoffs Adjutant, fand Suthina im Gehirnlabor. Wie immer war er wie aus dem Ei gepellt. Jeder Knopf blitzte, sein Gesicht glänzte frisch geschrubbt. Er hatte zwei Soldaten bei sich, jeder mit einer schweren Pistole bewaffnet. Suthinas Herz krampfte sich zusammen, als sie sah, wie er den Soldaten befahl, draußenzubleiben. Was war schiefgelaufen? Wieso? Sie war kaum fähig zu atmen – um ihre Lungen lag eine eiserne Klammer – und wußte, daß ihr die Schuld offen im Gesicht stand. Ihre Nerven begannen ein unaufhörliches, gleichmäßiges, schreckliches Kreischen.

Aber der Major war recht freundlich. Er lächelte ihr zu, ließ die Augen über ihren Körper wandern wie immer – er war ein junger Mann, der die Hoffnung nie aufgab – und sagte: »Entschuldigen Sie die Störung, Genossin, aber der Oberst möchte Sie sehen. Oder besser, er möchte, daß Sie etwas für ihn tun. Im Augenblick ist er in Prokowitz' Wohnung und wartet. Wir haben Prokowitz vor einer Weile tot aufgefunden.«

Sie versuchte, genau den richtigen Grad von Überraschung und Entsetzen zu heucheln und mühte sich verzweifelt, nicht zu dick aufzutragen. Sie hatte Major Penoff nie für besonders intelligent gehalten, aber man konnte nie wissen.

Sie sah ihn ausdruckslos an. »Tot? Boris ist tot?«

Penoff nickte fröhlich. »Ja. Hat sich umgebracht, mit Gift oder so. Auf jeden Fall hat er einen Brief hinterlassen, in dem er zugibt, unser Verräter zu sein. Aber der Oberst wird Ihnen das alles erzählen. Können Sie jetzt mitkommen, Suthina? Ich glaube, er möchte, daß Sie sich Prokowitz ansehen.«

Oberst Sarkoff war allein in Prokowitz' Wohnung, als Suthina eintrat. Der vollbekleidete Körper lag unter einem Laken auf dem Bett. Auf einem Nachttisch standen eine Flasche Wodka, ein Tablettenröhrchen, ein Aschenbecher, eine Pfeife und eine Dose Tabak und verschiedene elektronische Geräteteile.

Sarkoff ruckte mit dem Kopf, und Penoff verließ den Raum. Auf dem Weg nach draußen zwinkerte er Suthina noch einmal zu. Das Zwinkern gab ihr neuen Mut. Der Major wäre sicherlich nicht so freundlich gewesen, wenn sie gewußt hätten – selbst wenn sie nur den Verdacht gehabt hätten . . .

Der Oberst starrte sie an. »Nehmen Sie bitte Platz. Wir müssen noch ein paar Minuten warten. Ich habe mir die Freiheit genommen, Ihre ärztliche Bereitschaftstasche holen zu lassen. Sie steht doch in Ihrer Wohnung, nicht wahr?«

Atemlos sank sie in einen Sessel, ohne das Apartment wirklich zu sehen. Sie sahen alle gleich aus. Nur mit dem Unterschied, daß dies die Wohnung eines Mannes war.

»Sie scheinen erschüttert zu sein«, sagte der Oberst ausdruckslos. »Weil Prokowitz tot ist, oder weil er ein Verräter war?«

Sie bewegte sich auf einem dermaßen hauchdünnen Lügengeflecht, daß der Mut sie beinahe verlassen hätte. Aber sie mußte durchhalten. Sie mußte! Es war zu spät, jetzt umzukehren. Sie hatte die Leinen losgeworfen und mußte den Weg zu Ende gehen. Deshalb zwang sie sich, ihm in die Augen zu sehen.

»Ich bin ein wenig schockiert«, sagte sie, »das ist wohl nur natürlich. Wir haben zusammengearbeitet, ich habe ihn erst gestern gesehen, und da war er noch bei guter Gesundheit. Ich – ich wußte nicht, daß er ein Verräter war.«

Sarkoff nahm etwas aus seiner Tasche. Er gab ihr den Brief und ging dann zu seinem Stuhl zurück. »Ein volles Geständnis«, sagte er. Ein sarkastischer Unterton kam in seine Stimme. »Prokowitz wollte verhindern, daß wir jemand anderen beschuldigen. Jemanden, der nicht tot war. Sie sehen, er nahm die gesamte Verantwortung auf sich. Er hatte keine Komplizen. Wir haben seinen Sender gefunden. Sehr schlau: das Gerät war über seine gesamte Wohnung verstreut oder an seinem Körper versteckt. Er konnte sich nicht länger verstecken – er und seine Wohnung wären heute durchsucht worden –, also wählte er diesen Ausweg. Alles glasklar, wie?«

In ihrem Kopf drehte sich alles. Sie wußte nicht, was sie sagen oder nicht sagen sollte, aber sie wußte, daß sie irgend etwas sagen mußte. Wieviel wußte der Oberst? Spielte er mit ihr? Dieser Schnurrbart ließ ihn ein bißchen wie eine Katze aussehen. Eine sehr alte und grausame Katze.

Um Zeit zu gewinnen, sagte sie: »Sie erwähnten meine Bereitschaftstasche, Oberst. Warum?«

»Ich bin ein einfacher Soldat«, sagte Sarkoff. »Das brauche ich nicht besonders zu betonen. Aber Sie sind doch Ärztin, oder?«

»Ja.«

»Und Sie leiten Ihre Abteilung, nicht wahr? Sie haben den höchsten Dienstgrad?«

Sie nickte. »Ja.« Worauf wollte er hinaus?

Oberst Sarkoff nickte in Richtung des Körpers auf dem Bett. »Dann müssen Sie seinen Tod bescheinigen. Offiziell. Sie verstehen, alles muß seine Ordnung haben. Sie werden ihn für tot erklären und den Totenschein unterschreiben. Ich ebenfalls. Dann werden wir ihn zu den anderen legen und auf den Generalinspektor warten. Alles ganz sauber und wie es Vorschrift ist. Moskau ist in diesen Dingen sehr strikt.«

Jetzt konnte sie die Falle sehen. Oder war es gar keine? Sie war sich nicht sicher. Vielleicht wußte er nichts, vielleicht wußte er alles. Ihre Nerven verstärkten ihr stummes Kreischen.

Suthina und Prokowitz hatten erwartet, daß man Dr. Wolodow rufen würde. So hatten sie es geplant. Dr. Wolodow war ein ältlicher Mann, weit über seine Blütezeit hinaus, der als Truppenarzt fungierte. Seine Wohnung lag nur zwei Hütten weiter auf dem Korridor. Sie hatten damit gerechnet, daß man ihn zuerst rufen und daß er Boris für tot erklären würde.

Sie war sich bewußt, daß Sarkoff sie genau beobachtete. Sie öffnete fast den Mund, um zu fragen, ob man Dr. Wolodow konsultiert hatte, und überlegte es sich dann. Jedes Anzeichen von Widerstreben auf ihrer Seite konnte das Ende bedeuten.

Plötzlich wurde sie ärgerlich mit sich selbst. Sie war ein Narr. Ein Feigling, sicherlich, aber auch ein Narr! Ein Kind, das sich vor dem eigenen Schatten fürchtete. Der Teufel sollte sie alle holen! Sie konnten doch nicht alles wissen und überall sein! Sie mußte sich zusammenreißen, sonst warf sie die Flinte ins Korn, nachdem das Spiel schon gewonnen war.

Sarkoff beobachtete sie noch immer. Sie sah ihm gerade in die Augen, begann zu glauben, daß er nur bluffte, oder nicht einmal das. Vielleicht war er ganz einfach dumm.

Es klopfte. Ihr Herz machte einen Satz. Jetzt würde sie es bald wissen!

Ein Soldat brachte ihre Bereitschaftstasche. Sarkoff gab sie ihr. »Machen Sie schnell«, sagte er. »Ich habe noch viel zu tun. Erklären Sie ihn für tot und unterzeichnen Sie. Dann können wir beide wieder an unsere Arbeit gehen.«

Suthina nahm das Stethoskop aus der Tasche und trat zum Bett. Die Stunde der Wahrheit war gekommen. Wenn der Oberst ihr eine Falle gestellt hatte, dann war es eine sehr kluge und sichere Falle. So verängstigt sie auch war, sie wußte die Finesse zu schätzen – sie hatte nicht einmal gewagt zu fragen, ob Prokowitz bereits untersucht worden war. Alles stand und fiel mit dem, was sie jetzt sagte. Und mit dem, was Sarkoff wußte. Er mußte Tartarenblut in den Adern haben. Der Mann war ein Teufel.

Prokowitz sah tot aus. Sie hatte gute Arbeit geleistet. Das konnte sie von sich erwarten, dafür war sie Spezialist. Zuerst hatte sie Prokowitz in Tiefschlaf versetzt, wie sie das mit all ihren Patienten tat und auch mit Pridwell heute tun würde. Wenn sie bis dahin nicht in einer Zelle saß.

Als Prokowitz eine Stunde geschlafen hatte, injizierte sie ihm ein starkes Medikament, das ihn in einen der Todesstarre ähnlichen Zustand versetzte. Sein Kreislauf wurde langsamer, bis nur noch ein Hauch von Leben in ihm war. Er war sehr bleich, seine Nase ragte spitz hervor, seine Muskeln hatten sich durch die Droge künstlich verkrampft.

Oberst Sarkoff sah ihr über die Schulter. Er roch nach Mann und Tabak. Sie bewegte das Stethoskop hin und her, hörte das schwache Flattern des betäubten Herzens. Das war ihr Verderben, *falls der Körper bereits untersucht und der Schwindel ans Licht gekommen war.*

Es war immer noch nicht zu spät. Sie konnte Prokowitz für lebendig erklären, vorgeben, den Schwindel zu durchschauen und ihn aufzudecken. Sie konnte sich retten.

Sarkoff bewegte sich hinter ihr. Aus den Augenwinkeln sah sie, wie er das kleine Röhrchen hochhob und daran roch. Blausäure. Der Tod trat sofort ein. Sie hatte seinen Inhalt in die Toilette geschüttet und fortgespült.

Sarkoff stellte das Röhrchen mit einem kleinen Knall wieder auf den Nachttisch. Ungeduldig. »Es kann doch kaum so lange dauern, den Tod eines Menschen festzustellen«, raspelte er.

Suthina richtete sich auf. »Man muß vorsichtig sein«, sagte sie. »Sehr vorsichtig. Dabei sind schon oft Fehler gemacht worden. Es ist nicht so leicht, den Tod eines Menschen festzustellen, wie Sie glauben, Oberst.«

Jetzt, als der Augenblick der Wahrheit gekommen war, fühlte sie fast so etwas wie eine perverse Fröhlichkeit in sich aufsteigen. Ihre nächsten Worte würden wahrscheinlich darüber entscheiden, ob sie lebte oder starb. Sie mußte jetzt weitermachen. Wenn der Schwindel aufflog und man Prokowitz zurückholte, dann würde er sie verraten. Er hatte ihr damit gedroht, kurz bevor er eingeschlafen war.

Sie nahm das Stethoskop ab und rollte es zu einem kompakten Bündel zusammen, um es in die Tasche zurückzuschieben.

»Er ist tot«, sagte sie. »Ich erkläre ihn offiziell für tot, Oberst Sarkoff.« Sie sah ihn nicht an. Das Herz schlug ihr in der Kehle wie ein Hammer. Sie war sicher, daß er es hören konnte.

Der Oberst streckte ihr ein Blatt Papier und einen Stift entgegen. »Gut, fein. Ich mußte sichergehen. Der alte Wolodow hat ihn zuerst untersucht und sagt er sei tot. Aber der alte Narr – ich würde seinem Wort nie unbesehen glauben! Hier müssen Sie unterschreiben, Dr. Wotanja. Hier unten. Danke. Jetzt können wir alle wieder an die Arbeit gehen. Soweit es Prokowitz betrifft, ist die Sache abgeschlossen, aber die Affäre ist noch nicht vorbei. Nicht im geringsten. Ich bin überzeugt, daß er Komplizen hatte.«

Suthinas Knie zitterten. Einen Augenblick lang fürchtete sie zu fallen. Sie ging zum Sessel, setzte sich und versuchte, ihr Gesicht unter Kontrolle zu halten. Also war es doch noch nicht vorbei! Natürlich nicht. Es würde nie wirklich vorüber sein. Nicht diese Sache.

Er beobachtete sie wieder, die alten Augen waren scharf. »Fühlen Sie sich nicht wohl, Genossin?«

Er hatte es bemerkt. Sie schenkte ihm ein blasses Lächeln, das keine Verstellung brauchte.

»Es geht mir gleich besser. Ein bißchen verzögerter Schock, passiert den meisten von uns nach so etwas. Er war schließlich ein Kollege von mir, und ich habe erst gestern noch mit ihm gesprochen.« Sie sah den Oberst ernst an und log das Blaue vom Himmel herunter. »Ich bin erschüttert, Genosse Oberst. Wie Sie vorhin richtig sagten, weiß ich nicht, was mich mehr schockiert – sein Tod oder sein Verrat. Ich – ich kann es immer noch kaum glauben, daß er – daß er Rußland verraten hat.«

Der Oberst stand an der Tür. »Sie können es ruhig glauben«, sagte er brüsk. »Sie wissen nicht alles, was ich weiß, Genossin. Ich –«

Er hielt inne, starrte sie stirnrunzelnd an und verzog unter seinem schweren Schnurrbart die Lippen. Offensichtlich traf er eine Entscheidung über sie. »Ihre Zeugnisse sind erstklassig, Genossin. Moskau vertraut Ihnen sehr, wenn man nach den Akten urteilt.

Also will ich Ihnen auch ein wenig trauen. Wir – Sie – müssen immer noch wachsam sein. Halten Sie Augen und Ohren offen. Ich glaube, daß Prokowitz Komplizen hatte. Ich kenne sie noch nicht, aber ich werde sie finden. Ich will Ihnen etwas über Ihren verstorbenen Kollegen erzählen, Doktor: er war nicht nur ein Verräter. Er war auch ein Mörder!«

Jetzt brauchte sie das Entsetzen nicht mehr zu heucheln. »Ein Mörder?«

Er schien über ihre Reaktion erfreut zu sein. »Sie erinnern sich an das Mädchen, das draußen erfror? Wir dachten zuerst, daß sie aus Versehen hinausgelaufen sei. Ihr Name war Natascha.«

Suthina konnte nur nicken. Natascha war vor sechs Monaten gestorben. Aber ihr Gehirn – ihr Gehirn war erst seit ein paar Stunden tot! Boris Prokowitz hatte das Gehirn getötet, das wußte sie. Aber das Mädchen selbst?

Sarkoff starrte sie kalt an. »Sie und ich, Doktor, sind die einzigen, die dies wissen. Ist das klar?«

Warum erzählte er es ihr?

Sie nickte wieder. »Selbstverständlich.«

»Natascha Kopekowa war eine Agentin, eine KGB-Agentin, die hergeschickt worden war, um die Wissenschaftler zu durchleuchten. Sie hatte Prokowitz schon seit einiger Zeit in Verdacht, konnte ihm aber nie etwas nachweisen. Oder vielleicht war sie auch keine wirklich gute Agentin. Ich glaube nicht, daß sie von seinen Funksignalen wußte. Jedenfalls nicht bis ganz zuletzt. Kurz bevor sie getötet wurde.«

Suthina schüttelte den Kopf. »Das verstehe ich nicht.« Es war teilweise die Wahrheit. Das Mädchen war eine Agentin gewesen, hatte die ganze Zeit unter ihnen gelebt, sich unter ihnen bewegt und sie bespitzelt. Sie erinnerte sich an einen Satz, den Prokowitz gesprochen hatte: »Andere beobachten Sie und mißtrauen Ihnen.«

Oberst Sarkoff hätte fast gelächelt. Aber es wurde nichts daraus. »Natascha erstattete mir kurz vor ihrem Tod noch Bericht. Sie war sicher, daß sie Prokowitz bald überführen konnte. Er war, äh, also – er stellte ihr nach und –«

Er sah sie nicht an. War es möglich, daß dieser schreckliche Klotz scheu und schüchtern wurde, wenn es um Sex ging?

Der Oberst fuhr fort: »Wie ich schon sagte, er stellte ihr nach. Das arme Mädchen mußte gute Miene zum bösen Spiel machen.

Er bat sie, ihn nach Dienstschluß an einsamen Orten zu treffen und, na ja, Sie wissen schon. Sie ekelte sich natürlich vor ihm, aber sie mußte ihre Rolle spielen.«

Suthina ging ein Licht auf. Oberst Sarkoff hatte ihr ebenfalls nachgestellt, Natascha und er hatten miteinander geschlafen. Eine Menge vertraulicher Informationen kann im Bett ausgetauscht werden, ohne daß die Beteiligten es wirklich merken.

»Ich bin überzeugt, daß Prokowitz begann, Natascha Kopekowa zu mißtrauen«, sagte der Oberst. »Er fand heraus, daß sie KGB-Agentin war, lockte sie zu einer entlegenen Stelle unter dem Vorwand, äh, mit ihr zu schlafen. Dann muß er sie bewußtlos geschlagen und nach draußen gezerrt haben, damit sie erfror. Er wäre fast damit durchgekommen. Wenn sie seinen Namen nicht in meiner Gegenwart erwähnt hätte, hätte ich keinen Verdacht geschöpft.«

Suthina wußte, daß sie nach draußen mußte. Ihr Kopf schwoll, platzte fast, und ihre Nerven schrien schon wieder. Wenn sie blieb, würde sie irgendeinen schrecklichen Fehler begehen. Es war jetzt offensichtlich – obwohl es ihr fast wie ein Wunder schien –, daß er sie tatsächlich nicht mehr verdächtigte als alle Wissenschaftler und Intellektuellen.

Sie stand auf und nahm ihre Bereitschaftstasche. »Ich muß wirklich zurück, Oberst. Wenn also sonst nichts mehr ist ...« Sie drückte sich an ihm vorbei zur Tür.

»Draußen im Flur steht ein Feldwebel«, sagte er. »Würden Sie bitte so freundlich sein, ihm zu sagen, daß er zwei Mann und eine Bahre besorgen soll?«

»Ich sag's ihm, Genosse.« Jetzt war sie fast draußen. Sie rechnete sich im Kopf bereits die Zeit aus: Man würde Prokowitz zum Lagerraum der Toten bringen. Er war jetzt fünf Stunden »tot«. Das Medikament würde noch etwa sechs Stunden wirken, dann mußte sie eine neue Injektion machen und ihn füttern, ihn wärmen, wenn er am Leben bleiben sollte.

»Doktor!«

Sie drehte sich um. Ging es denn nie zu Ende? »Ja, Oberst?«

»War Boris Prokowitz normal oder wahnsinnig? Ihre eigene Meinung. Keine andere. Ihre eigene.«

Sie wußte jetzt die Wahrheit, hatte sie schon seit dem Zwischenfall mit dem Gehirn gewußt. Sie kannte den Zweck der Frage nicht, wenn es einen gab, aber sie log noch einmal. »Normal«, sagte sie. »So normal wie wir alle, Oberst.«

12

Suthina wartete so lange wie möglich, bevor sie an diesem Abend Pridwells Hütte aufsuchte. Für den Fall, daß sie gefragt wurde, hatte sie sich eine Geschichte zurechtgelegt. Der Amerikaner versprach, ein harter Fall zu werden, und brauchte besondere Aufmerksamkeit. Während sie still durch die schwachbeleuchteten, eiskalten Korridore ging, in denen nur das *Schhhhh – schhhhh – schhhhh* der riesigen Pumpen zu hören war, war sie dankbar dafür, daß Pridwells Hütte so abgelegen war. Das gab ihr die Möglichkeit, ohne Schwierigkeiten in den verlassenen Komplex hinter der Stahltür zu schlüpfen.

Ihre Bereitschaftstasche, schwer beladen mit all den Dingen, die sie brauchte, um Prokowitz am Leben zu erhalten, schlug ihr gegen den Schenkel, während sie ging. Sie hatte wirklich so lange wie möglich gewartet. Prokowitz mußte sterben, wenn sie innerhalb der nächsten Stunde nicht zu ihm gelangte.

Sie blieb nur kurz bei Pridwell, mußte aber so tun als ob. Der Krankenwärter durfte nichts merken. Seit der Oberst ihr von Natascha Kopekowa erzählt hatte, war sie doppelt wachsam – und doppelt so verängstigt, wenn das noch möglich gewesen wäre. Sie konnte niemandem trauen. Niemandem außer dem amerikanischen Agenten, der kommen würde, um ihnen zu helfen. Das hatte Boris geschworen.

Sie konnte Pridwell aus gutem Grund nicht in Tiefschlaf versetzen: sie hatte sich mit dem Vorrat an Medikamenten, die sie besaß, verschätzt und das meiste davon benutzt, um Boris einzuschläfern; jetzt konnte sie nichts mehr bekommen, bis die Ausgabestelle wieder öffnete. Dort war man sehr vorsichtig. Für jeden Kubikzentimeter verlangten sie eine Unterschrift, und der Vorrat wurde zu Beginn und am Ende der Ausgabezeit nachgeprüft.

Suthina blieb zwanzig Minuten bei Pridwell. Es gab nichts zwischen ihnen zu sagen. Er sprach ein paar Worte, verfiel dann in Schweigen und starrte sie mit trotziger Verachtung an. Sie ging, sobald sie konnte. Pridwell war ein Fehlschlag. Der Mann war seit seiner Ankunft bei vollem Bewußtsein. Nicht, daß das jetzt noch einen Unterschied machte.

Bevor sie in den Hauptkorridor einbog, sah Suthina auf ihre Uhr. Es war kurz nach 24 Uhr sibirischer Zeit, sie kam gerade noch rechtzeitig. Die Wirkung der Medikamente auf Prokowitz mußte bald aufhören. Lunge und Herz würden schneller arbeiten, sein Kreislauf wieder aktiver werden. Das würde ihn paradoxerweise umbringen. Er mußte erfrieren.

Ihr Herz pochte, als sie sich der hohen Stahltür mit dem roten Verbotsschild näherte. Als sie die Tür öffnete und hineinging, überquerte sie ihren ganz persönlichen Rubikon, machte den ersten physischen und offenen Schritt, für den es keine Rückkehr mehr gab.

Sie drückte den Riegel herunter, die Tür schwang geräuschlos auf: inzwischen gut geölt. Innen war eine Sicherheitsverriegelung angebracht, und eine trübe Birne hing von der eisigen Decke. Boris hatte ihr all das erklärt. Er hatte ihr gründlich beschrieben, was sie erwartete. Boris hatte diesen verlassenen Teil der Eisstadt seit Monaten durchstreift wie ein modernes Schloßgespenst.

Suthina zögerte nicht. Der enge Korridor führte geradeaus, auf jeder Seite öffneten sich die leeren Höhlen ehemaliger Räume. Vorn, vielleicht hundert Meter weiter, verbreitete die nächste Birne ihr trübes, gelbes Licht. Dort machte der Korridor eine Rechtsbiegung. Aber sie mußte sich nach links halten. Nur ein paar Schritte vor der Biegung würde sie den Raum finden, in dem die Toten lagen. Boris war mit diesem Raum sehr vertraut; er hatte einen elektrischen Anschluß, und von dort hatte er seine Funksignale ausgesandt, indem er eine Drahtverbindung zu einem stählernen Notausstieg herstellte und ihn als Antenne benutzte. Einige der kleineren und wichtigen Teile hatte er bei den Toten versteckt. Einige hatten Kleider an, hatte er erklärt, andere waren nackt. Es hing davon ab, wie und wo sie gestorben waren.

Suthina hielt vor dem Eingang und tastete auf der Innenseite nach dem Lichtschalter. Es war möglich, daß Boris bereits tot war. Sie hatte nicht gesehen, wie man ihn auf der Bahre forttrug. Er war zwar so warm angezogen, wie es ging, aber angenommen, man hatte ihn aus irgendeinem Grund entkleidet?

Sie schaltete das Licht an und der große Raum wurde strahlend hell. Sie verstand das Gefühl der Erleichterung nicht, als sie sah, daß die meisten Toten mit Decken verhüllt waren. Schließlich war sie doch Arzt. Trotzdem war sie dankbar dafür.

Es waren neun, und sie lagen alle nebeneinander, sauber aufgereiht mit den Köpfen zur Wand und den Füßen in den Raum. In einigen Fällen hatte man die Decken über die Gesichter gezogen, anderswo nicht. Sie sah Boris Prokowitz sofort. Er war zuletzt gebracht worden und lag deshalb der Tür am nächsten. Man hatte eine Decke über ihn geworfen, die sein Gesicht nicht verdeckte. Sie hatten ihm nicht einmal seinen Kneifer abgenommen!

Suthina zog eine Spritze auf und warf die Decke zur Seite. Sie zerrte Boris' Arm aus der schweren Parka und spritzte ihm das Medikament durch den Rest seiner Kleider in den Arm. Keine Zeit, ihn auch nur teilweise auszuziehen. Sie setzte ihr Stethoskop erst an, als er die Droge im Körper hatte. Gerade noch rechtzeitig. Der Herzschlag war nur noch ein kaum hörbares Flüstern.

Sie war gerade dabei, die Glukoseflasche aus der Tasche zu holen, um ihn intravenös zu ernähren, als es geschah. Sie konnte es nicht glauben. Es war unfaßbar. Sie dachte nichts. Tat nichts.

Sie konnte nicht schreien. Sie konnte nicht weglaufen.

Die Leiche am Ende der Reihe warf die Decken von sich und sprang auf. Die Bewegung war blitzschnell, flüssig und sicher, und das Ding kam auf sie zu. Sprang auf sie zu. Irgend etwas blitzte in seiner behandschuhten Hand.

Suthina verlor sich in einem Abgrund des Entsetzens. Ihre Nerven, ohnehin schon bis zum Zerreißen gespannt, versagten völlig. Sie kniete wie angewurzelt da, die Glukoseflasche in der Hand, unfähig, einen Gedanken zu fassen und beinahe so tot wie die Leichen um sie herum. Ein einziger Gedanke bahnte sich seinen Weg in ihr versteinertes Gehirn – es war eine Falle! Irgendeine phantastische Falle Sarkoffs. Nur er hätte sich diesen Alptraum ausdenken können.

Ein Arm, ein muskulöser, mit irgendeinem glatten Material überzogener Arm, legte sich um ihre Kehle. Knapp hinter ihrem Ohr spürte sie einen kalten Punkt. Eine Stimme raunte aus dem schalenförmigen Helm, den das Ding trug. Es sprach russisch mit amerikanischem Akzent.

»Ich bin ein amerikanischer Agent. Keine Bewegung. Keinen Laut. Sonst töte ich Sie. Nicken Sie einmal, wenn Sie mich verstehen.«

Sie konnte nicht nicken. Sie war vor Fassungslosigkeit, Entsetzen und beginnendem Verständnis der Ungeheuerlichkeit zu Eis erstarrt.

Das Wesen schien ihr Entsetzen zu verstehen. Der Arm um ihre Kehle lockerte sich ein wenig. Der kalte Punkt – es fühlte sich an wie eine große Nadel – blieb unverändert. Mit einer Hand begann das Ding, sie unter ihrer Parka zu durchsuchen. Die Hand traf auf eine ihrer festen Brüste und hielt abrupt inne, als sei das Wesen überrascht. Sie spürte sein Erstaunen und verstand. Sie trug eine Hose, und die Parka verbarg ihre Figur. Es hatte nicht gewußt, daß sie eine Frau war.

Die Durchsuchung ging weiter. Gründlich. Die Hand lief an ihrem Körper auf und ab und um ihn herum. Sie fand es weder angenehm noch unangenehm. Sie war noch immer völlig betäubt. Und doch war sie in der Lage zu denken, daß dies zweifellos ihr Tag für Durchsuchungen war. Zuerst war ihre Wohnung auseinandergenommen worden, dann hatte eine der anderen Ärztinnen sie selbst durchsucht. All das, kurz nachdem sie den Oberst verlassen hatte.

Sie wurde losgelassen, bewegte sich aber immer noch nicht.

»Drehen Sie sich um. Aber langsam.«

Sie drehte sich langsam um, suchte nach ihrer alten Geistesgegenwart und fand sie. Das Ganze begann, auf eine verrückte Art Sinn zu ergeben. Boris hatte gesagt, daß jemand kommen würde.

»Wer sind Sie? Wie heißen Sie?«

Der Mann – sie wußte jetzt, daß in dem Weltraumanzug und dem Helm ein Mann steckte – stand zwei Meter von ihr entfernt und hielt eine eigenartige Pistole auf sie gerichtet. Suthina wußte, daß er sie rasch und ohne viel Federlesens töten würde, wenn er es für nötig hielt.

Sie antwortete englisch, weil sie annahm, daß es nützlich sein konnte, wenn er Amerikaner war. Sie wußte, daß sie dem Tod immer noch sehr nahe war.

»Ich bin Dr. Suthina Wotanja. Wenn Sie amerikanischer Agent sind, dann habe ich Sie erwartet. Wir haben Sie erwartet, Boris Prokowitz und ich.« Wenn dies Sarkoffs Falle war, dann war sie jetzt unrettbar verloren.

Der behelmte Kopf nickte kaum wahrnehmbar. Also bedeuteten ihm die Namen etwas? Die seltsame Pistole blieb auf ihren Bauch gerichtet.

»Was machen Sie hier?«

Suthina sagte: »Kann ich mit dem Finger deuten, ohne erschossen zu werden?«

»Ja.«

Sie zeigte auf Boris Prokowitz zu ihren Füßen. Die Glukoseflasche, Nadel und Schlauch einsatzbereit, lag neben ihm. »Das ist Boris. Man hält ihn für tot. Er ist es aber nicht, noch nicht. Doch wenn Sie mich nicht arbeiten lassen, und zwar schnell, dann ist er es bald.«

Die Pistole bewegte sich. »Hierher.« Sie gehorchte.

Er kniete neben Prokowitz, die Pistole immer noch auf sie gerichtet. Aus einer unsichtbaren Tasche des eigenartigen weißen Anzugs – war das Kunststoff? – nahm er ein Foto. Er sah erst das Foto an, dann das Gesicht des »Toten« und dann sie. Er stand auf.

»Machen Sie weiter. Sie tragen die Verantwortung. Besteht die Möglichkeit, daß jemand kommt?«

Sie war schon bei Prokowitz, rammte die große Nadel in den streichholzdünnen Arm und hielt die Flasche hoch. »Nein. Außer sie bringen noch eine Leiche. Wir müßten hier eine Weile sicher sein.«

Er behielt die große Pistole im Anschlag. »Sprechen Sie. Erklären Sie mir alles. Machen Sie's kurz, aber ohne etwas Wichtiges auszulassen.«

Sie erzählte ihm alles, was sie wußte, soweit sie es wußte und verstand. Als sie aufhörte war die Flasche leer.

John Eagle hörte gleichmütig zu. Ihre Geschichte mußte wenigstens einen Teil Wahrheit enthalten. Oder? In seinem Geschäft verließ man sich besser auf gar nichts. Nachprüfen. Er ließ Suthina zur Seite treten und setzte das Stethoskop auf Prokowitz' Brust. Der Mann sah so tot aus . . . Nein. Die Schläuche trugen ihm ein schwaches, sehr schwaches Pochen zu. Er glaubte ihr diesen Teil der Geschichte. Aber warum tat sie es?

Eagle hatte seine Anweisungen, was Suthina Wotanja betraf. Mr. Merlin hatte gesagt: »Wenn Sie die Zeit dazu haben, und wenn Sie sie zur Flucht bewegen können, oder wenn Prokowitz das kann, dann holen Sie sie heraus. Wenn nicht, töten Sie sie. Ebenso wie die anderen.«

Eagle warf das Stethoskop zur Seite. »Sie haben noch mehr

Männer hier. Amerikanische Wissenschaftler? Von Ihren Leuten entführt und hergebracht?«

Er sah sie zögern. Sie hatte nicht vorgehabt, eine Verräterin zu werden.

Die Pistole bewegte sich leicht in seiner großen Hand. »Ich möchte Sie nicht gleich töten«, sagte er, »aber wenn Sie versuchen, mir Schwierigkeiten zu machen, dann tue ich es trotzdem. Für meine Pläne brauche ich Sie nicht.« Nicht ganz wahr. Er konnte sehen, daß sie sehr wertvoll sein würde. Aber das wußte sie nicht.

Sie versuchte, so wenig wie möglich in Einzelheiten zu gehen, als sie ihm von den anderen erzählte. Von den Experimenten. Sie glaubte ihm. Er würde sie töten, wenn sie sich weigerte. Aber es gab eine Grenze.

Sie sah, daß er nicht zuhörte. Er starrte auf Prokowitz hinunter. »Er hat sich verändert. Sie sehen ihn sich besser einmal an.«

Suthina riß das Stethoskop an sich und legte es Prokowitz an die Brust. Er hatte sich wirklich verändert. Sie erinnerte sich an seine Worte: »Es geht mir nicht gut, ich bin sehr müde. Aber ich möchte in Freiheit sterben.«

Das Herz krampfte sich zuckend zusammen. Der Tod konnte jede Sekunde eintreten. Sie griff nach ihrer Tasche: Adrenalin. Direkt ins Herz. Schnell!

Ihre Hände waren unbeholfen in den dicken Handschuhen. Eagle ließ die Gaspistole ins Halfter zurückgleiten und kniete neben ihr, um ihr zu helfen, die dicken Kleider beiseite zu reißen.

»Decken Sie ihn zu, sobald ich die Nadel herausziehe«, sagte Suthina. »Schnell. Sehr schnell. Er erfriert uns sonst in Sekunden. Was ihn umbringt, ist in Wirklichkeit die Kälte. Wenn wir ihn nur irgendwo hinbringen könnten, wo es warm ist . . .«

Eagle hatte das Herz freigemacht. Sie rammte die lange Nadel ohne Zögern hinein, drückte den Kolben hinunter, zog die Nadel heraus.

»Zudecken. Schnell!«

Sie hatte das Stethoskop schon wieder an seinem Herzen und wartete darauf, daß das Adrenalin zu wirken begann. Das Herz reagierte, aber langsam. Zu langsam.

Suthina schüttelte den Kopf. Der Agent beobachtete sie genau, las in ihrem Gesicht. »Kommt er durch?«

Der Amerikaner war ihr sehr nah. Er hatte das Visier des

Helms einen spaltbreit geöffnet, und zum erstenmal sah sie sein Gesicht aus der Nähe. Blaue Augen, sehr hart und wachsam. Nase und Kinn kraftvoll, entschlossener Mund. Eine sehr dunkle Hautfarbe.

Erneut schüttelte sie den Kopf. »Sieht nicht so aus. Er ist alt und krank. Ich wußte nicht, daß sein Herz so schwach war. Wenn wir ihn nur warmhalten könnten. Wirklich warm und –«

Was hatte er vor? Die alte Angst stieg wieder in ihr auf. Warum wollte er sie jetzt töten?

Die Gaspistole zeigte auf sie. »Suchen Sie eine Leiche, so groß wie ich, und ziehen Sie sie aus. Unterwäsche und alles. Jedes Stück. Schnell!«

Suthina starrte ihn verständnislos an. »Was haben Sie vor ... Ich – ich –«

Er schraubte den Helm ab, öffnete Reißverschlüsse und riß Druckknöpfe auf. »Dieser Anzug ist geheizt. Batterien. Vielleicht rettet ihn das. Schnell, verdammt noch mal! Holen Sie mir die Kleider!«

Suthina rannte an den Toten entlang. Fast am Ende lag einer, der so groß wie der Amerikaner aussah. Es war ein Soldat ohne Rangabzeichen, der immer noch seine schwere, gesteppte Uniform, die Parka und die Pelzmütze mit dem roten Stern trug.

Sie sah sich um. Der Agent war schon aus dem Plastikanzug geschlüpft. Einen Moment lang stand er nackt in der mörderischen Kälte. Der Plastikanzug lag glitzernd da wie eine Schlangenhaut. Eagle riß ein Loch in eine der Decken und warf sie sich wie einen Poncho über den Kopf. Jetzt blieben ihm nur noch Sekunden, bis die Kälte anfangen würde, ihn zu töten. Er ging zu Prokowitz zurück.

Der Mann war nur noch ein Haufen aus wachsbleichem Fleisch und Knochen. Er konnte höchstens hundert Pfund wiegen. Eagle stellte den Thermostat auf maximale Leistung, griff sich eins der dünnen Beine und begann, Prokowitz in den Anzug zu stopfen. Der Anzug war das einzige, was ihn noch retten konnte. Bei maximaler Heizleistung fiel die Temperatur nie unter 15 Grad. Seit er den fehlerhaften Thermostat ausgewechselt hatte, hatte der Anzug störungsfrei gearbeitet.

Prokowitz steckte im Anzug; Eagle schraubte noch den Helm auf und schloß das Visier. Wenn er Prokowitz jetzt verlor, dann war es nicht seine Schuld.

Die Frau kam mit einem Arm voll schwerer Kleider zurückgelaufen. Eagle beobachtete sie argwöhnisch. Wenn sie etwas im Schilde führte, dann war jetzt die beste Zeit. Sie war Ärztin – das glaubte er ihr – und wußte, welche Wirkung die Kälte auf ihn hatte. Sein Kopf war noch immer klar, aber sein Blut begann zäh zu fließen, sein Herz wurde langsamer, und sein Reaktionsvermögen war zum Teufel. Die Gaspistole fiel ihm aus der Hand, er bückte sich, um sie aufzuheben. Sie sah ihm zu. Er schien eine volle Minute dazu zu brauchen.

Sie warf ihm die schwere Unterwäsche zu. »Beeilen Sie sich – schnell! Sie fangen an zu erfrieren!« Als ob man ihm das noch sagen mußte.

Er warf die Decke von sich und begann, sich anzuziehen. Sie starrte seine Genitalien an, als er die Unterhose anzog, und er fand das selbst in dieser Situation eigenartig. Sie war doch Ärztin. Was war so ungewöhnlich am Penis eines Mannes?

Die Unterwäsche hatte er jetzt an. Und zwei Paar dicke Socken. Noch ein Satz leichtere Unterwäsche, dünn, mit Luftlöchern. Dann die schwere Uniform. Eagle besah sich den Ärmel, als er das Hemd anzog. Er war ein einfacher Soldat der Sowjetarmee. Vielleicht war das ganz nützlich.

Er zog schwere Filzstiefel an, dann die Parka, die Pelzmütze und die Gesichtsmaske. Immer noch fühlte er sich benommen, halb zwischen Leben und Tod, aber er war auf dem Weg zurück.

Die Frau arbeitete schon wieder an Prokowitz. Er zeigte ihr, wie man den Plastikanzug öffnete, um das Stethoskop anzusetzen. Sie sah auf, und plötzlich lächelte sie. Zum erstenmal merkte Eagle, wie schön sie war.

»Es geht ihm besser«, sagte Suthina. »Sein Herz ist viel kräftiger. Ich glaube, er ist für's erste in Ordnung.«

Eagle hatte die Gaspistole in der Hand. Er deutete damit. »Da herüber. Weg von der Tür!«

Das Lächeln veränderte sich. Traurig jetzt, widerstrebend, verwundert und furchtsam. Sie bewegte sich.

»Sie trauen mir immer noch nicht?«

Eagle durchsuchte den Plastikanzug und sammelte die Ausrüstungsgegenstände ein, die er brauchen würde. Er warf ihr einen Blick zu. »Ich traue niemandem außer mir selbst.« Er nickte in

Richtung der Toten. »Und denen vielleicht.«

Sie verkroch sich in ihre Parka, zog sie um sich zusammen, und ihre Augen blitzten ihn über die Gesichtsmaske hinweg an. Die Parka war zu groß. Er spürte, daß sich unter dem Mantel ein wohlgeformter Körper verbarg. Und dann kam ihm die Idee. Es gab eine Methode, eine Apachenmethode, um herauszufinden, wie weit er ihr trauen konnte. Es klappte nicht immer, nicht mit weißen Frauen, aber normalerweise doch.

Sie machte einen Schritt auf ihn zu. Seine Muskeln spannten sich und warnten sie wortlos, stehenzubleiben. Sie hielt inne. »Sie müssen mir vertrauen! Ich stecke ebenso tief in der Sache wie – wie er.« Sie zeigte auf die bewegungslose Gestalt von Prokowitz. »Und wie Sie. Ist das nicht klar? Verstehen Sie nicht? Als ich Boris half, habe ich mich festgelegt. Er sagte, daß Sie kommen würden. Jetzt, da Sie hier sind, müssen Sie mir helfen, wie ich Boris geholfen habe. Ich kann nicht mehr bleiben. Man würde mich festnehmen und hinrichten. Man verdächtigt mich bereits. Bitte – verstehen Sie doch! Vertrauen Sie mir. Nehmen Sie mich mit. Sofort. Sie sind wegen Boris gekommen, nicht wahr? Hier ist er. Und ich muß ebenfalls weg. Also gehen wir, um Gottes willen. Warten Ihre Leute draußen? Mit den Fahrzeugen? Vielleicht ein Flugzeug? Ich weiß nicht, wie man so etwas macht und –«

Sie sah, wie er lächelte. Es war das erstemal. Seine Zähne waren ebenmäßig und sehr weiß. Er schien über etwas, das sie gesagt hatte, ungeheuer amüsiert zu sein.

»Ich habe niemanden«, sagte er. »Ich bin ganz allein.« Er wies mit einer kurzen Geste auf sich, auf den seltsamen Gürtel, den er über der Parka trug, die Pistole jetzt wieder im Halfter. Was da von seinem Gürtel hing, waren Granaten. Sie glaubte ihm nicht. Es war unvorstellbar, unmöglich. Nicht einmal ein Amerikaner konnte so wahnsinnig sein.

»Alles, was ich habe«, sagte er, »ist mein Training und meine kleinen Freunde hier. Das sollte genügen.«

Ihr Herz sank. Er sprach die Wahrheit. Es gab keinen Zweifel an dem kalten Selbstvertrauen in der tiefen Stimme, der Festigkeit, dem vollständigen Fehlen jeder Prahlerei oder Furcht. Dieser Mann meinte jedes Wort ernst.

»Sie sind wahnsinnig«, sagte sie leise. »Sie müssen wahnsinnig sein. Vollständig und absolut wahnsinnig.«

Seine blauen Augen waren so kalt wie der Raum selbst. »Ein wenig vielleicht. Hören Sie auf, darüber nachzudenken. Es gibt noch andere außer Ihnen und ihm –«, er nickte in Richtung auf Prokowitz, »ich habe etwas zu erledigen. Wie viele unserer Leute, die Sie hergebracht haben, sind transportfähig?«

Er mußte verrückt sein. Sie hatte an Rettung geglaubt, und man hatte ihr einen Verrückten geschickt. Aber die Frage war leicht zu beantworten.

»Nur einer«, sagte sie schnell. »Sein Name ist Pridwell. Er ist in guter Verfassung. Alle anderen sind geisteskrank und mehr oder weniger stark betäubt. Sie stehen in Behandlung. Wenn man sie jetzt herausreißen und in diesem Land nach draußen bringen würde, dann wäre das sehr gefährlich. Für die Patienten.«

Sie konnte nicht sagen, ob er ihr glaubte. Er nickte nur. In diesem Augenblick hörten sie den Eisbrecher wieder seine Kanonen abfeuern. Die Schüsse drangen gedämpft durchs Eis. Eagle wartete, bis der Donner verklang.

Dann: »Wo ist dieser Pridwell? Und die anderen? Geben Sie mir einen ungefähren Lageplan. Aber schnell. Sie erfrieren früher als ich.«

Er hatte recht. Sie konnte die Kälte nicht viel länger aushalten. Nur die Abwesenheit des Windes machte sie überhaupt erträglich. Sie sprach bereitwillig, versuchte, ihn dazu zu bringen, ihr zu vertrauen, und redete sich ein, daß nichts von dem, was sie ihm jetzt erzählte, Mütterchen Rußland wirklich schaden konnte. Dies war ihr höchstpersönliches Dilemma.

Sie kam zum Ende. »Wir gehen besser zu Pridwell. Er wird schlafen, ist aber nur leicht betäubt. Ich kann ihn aufwecken. Niemand wird uns dort stören. Aber da ist ein Wärter –«

»Der ist meine Sache. Los.« Er ging die Reihe der Toten entlang bis zu der Stelle, an der er sich versteckt hatte. Er bückte sich, hob etwas auf und kam zurück. Ihr Mund öffnete sich ungläubig. Pfeil und Bogen?

Eagle warf sich den Bogen über die Schulter, den Köcher auf den Rücken, wo er ihn mit der rechten Hand leicht erreichen konnte. Er mußte ihren Gesichtsausdruck unter der Maske geahnt haben, denn seine Zähne glänzten in der Mundöffnung seiner eigenen Maske.

»Machen Sie sich keine unnötigen Gedanken«, sagte er. »Akzeptieren Sie einfach alles, tun Sie, was ich Ihnen sage, und stellen Sie keine Fragen. Jedenfalls nicht viele. Wenn wir hier hinauskommen und ein bißchen mehr Zeit haben, dann erkläre ich Ihnen alles. Aber jetzt zu dem Wärter. Wann endet seine Schicht? Ist er bewaffnet? Wissen Sie, ob er während der Arbeitszeit schläft?«

Sie antwortete so gut sie konnte. Als sie die Stahltür erreicht hatten, war Eagle sicher, daß er den Wärter ohne große Schwierigkeiten und ohne entdeckt zu werden aus dem Weg schaffen konnte. Er mußte es tun, oder die ganze Sache war gleich zu Anfang verloren. Die Situation war ohnehin schon unberechenbar genug. Im Moment improvisierte er, schrieb sein Drehbuch sozusagen im Laufen. Eine andere Möglichkeit gab es nicht.

Sie standen vor der Stahltür. Suthina erklärte ihm flüsternd, was dahinterlag. Jetzt brauchten sie Glück. Sonst konnte es passieren, daß er die Tür öffnete und sich mitten in einer Suchmannschaft wiederfand.

Der Korridor war leer. Sie traten hinaus, die Stahltür schwang hinter ihnen zu. Suthina zeigte nach links. »Gerade um die Ecke – Pridwells Hütte.«

Er gab ihr einen leichten Stoß, den Mund an ihrem Ohr. »Ich warte an der Ecke. Sehen Sie nach, was der Wärter macht. Wenn er schläft, wecken Sie ihn nicht. Geben Sie mir ein Zeichen. Wenn er wach ist, müssen Sie ihn hinauslocken oder in die offene Tür. Damit er gegen das Licht steht und ich eine bessere Zielscheibe habe.«

»Eine Zielscheibe? Sie wollen ihn töten?«

Sie hatte es natürlich gewußt. Sie hatte es gewußt und den Gedanken von sich geschoben. Jetzt mußte sie der Tatsache ins Auge sehen.

Seine Hand umschloß ihren Arm. Seine Stimme war rauh und leise. Der Tonfall sagte mehr als seine Worte.

»Natürlich muß ich ihn töten! Wir können uns keine losen Enden leisten, und ein Gefangener wäre unmöglich. Also – schaffen Sie es?«

»Ja. Ich mach's.«

»Wenn er nach draußen kommt oder in die Tür, dann halten Sie sich seitlich von ihm, damit ich schießen kann. Stehen Sie nicht im Schußfeld. Los jetzt.«

Suthina ging. Sie versuchte, nicht zu denken. Sie konzentrierte sich darauf, genau zu tun, was ihr aufgetragen war, wie Eagle ihr geraten hatte. Es war der einzige Weg.

In der Hütte schimmerte schwaches Licht. Sie spähte durch das einzige Fenster. Jetzt fror sie so sehr, daß sie kaum denken konnte.

Der Wärter war in seinem Stuhl zusammengesunken, den Kopf zurückgeworfen, schlief er mit offenem Mund. Sie drehte sich um, wollte dem Amerikaner ein Zeichen geben, als der Mann plötzlich erwachte. Er sah auf, sah sie am Fenster und stolperte mit mürrischem Gesicht auf die Füße. Er machte sich schon auf eine Verwarnung gefaßt.

Suthina ging nicht hinein. Sie klopfte. Als der Mann mit verwundertem Gesicht öffnete, mußte sie sich zwingen, ihn anzusehen. Es war Dubinow. Sein breites, unrasiertes Bauerngesicht war vom Schlaf gezeichnet, aber er versuchte, wach und aufmerksam auszusehen.

»Ja, Genossin? Ist etwas nicht in Ordnung? Brrrr – wollen Sie nicht besser hereinkommen?«

Suthina trat einen Schritt zurück und legte einen Finger an die Lippen. »Ich mache mir Sorgen. Es hat nichts mit Ihnen zu tun. Aber wir sprechen besser hier draußen darüber – ich möchte den Patienten nicht wecken.«

»Aber er schläft, Genossin. Ich habe ihm die Tabletten gegeben wie immer. Es besteht keine –«

Dubinow stand jetzt in der offenen Tür, mit dem schwachen Licht hinter sich. Suthina trat zur Seite.

Der Pfeil zischte kaum eine Handbreit an ihr vorbei. Er schlug dem Mann in die Brust, ragte feuchtglänzend und rot dreißig Zentimeter aus seinem Rücken heraus. Dubinows Augen drehten sich nach hinten. Er war schon tot, als er nach dem Pfeil griff, der sein Herz durchbohrte. Er begann langsam zu fallen, seine Hände kratzten am Türrahmen entlang. Suthina schlug die Hand vor den Mund und starrte. Er fiel auf sie zu. Er würde sie blutig machen! Sie stieß sich die Finger in den Mund, um ihren Schrei zu unterdrücken.

John Eagle sprang an ihr vorbei und fing den Mann auf. Er hielt den schweren Körper leicht mit einem Arm und drückte sie mit dem anderen durch die Tür. Er sprach kein Wort, zog den

Körper ins Zimmer und verriegelte die Tür. Suthina saß wie betäubt mit leerem Blick auf der Couch und sah dem Amerikaner mit fasziniertem Entsetzen bei der Arbeit zu. Er konnte das sehr gut. Er mußte eine Menge Erfahrung in solchen Dingen haben.

Eagle ließ die Leiche einen Moment liegen. Der Pfeil steckte noch immer. Es gab jetzt sehr viel Blut.

Die Hütte war aufgeteilt. Eagle untersuchte kurz den hinteren Teil. Als er zurückkam, sah er sie an und legte einen Finger an die Lippen. »Schläft wie ein Baby. Ich möchte ihn noch nicht aufwecken.«

Der Amerikaner zog sich Handschuhe, Parka und Hemdjacke aus. Er lächelte, als er die Gesichtsmaske abnahm: Einer der bestaussehendsten Männer, die sie je gesehen hatte.

»Hier ist's warm«, sagte er und rieb sich die großen Hände. »Ich dachte schon, ich würde nie mehr warm werden.«

Die Frau starrte ihn an. Sie versuchte ein Lächeln, vage und hölzern, sagte aber nichts. Er wußte, daß sie einen Schock hatte. Vielleicht war das gut für sein Vorhaben. Oder vielleicht nicht. Das würde sich zeigen.

Er drehte die Pfeilspitze ab und zog den Schaft aus der Leiche. Er wischte Spitze und Schaft an der Hose des Toten ab, was einen karmesinroten Schmierfleck hinterließ, und steckte den Pfeil in den Köcher zurück. Er schleppte die Leiche in das kleine Badezimmer, legte sie in die Wanne und zog den Duschvorhang zu. Dann holte er ein Handtuch, machte es naß und ging daran, das Blut aufzuwischen. Suthina saß immer noch auf dem Rand des Sofas, die Knie fest zusammengepreßt, die Hände feucht in den dicken Handschuhen.

»Ziehen Sie sich die schweren Kleider aus«, befahl er. Er sah sie nicht an. »Wenn Sie in Ihrer Tasche da etwas für die Nerven haben, dann nehmen Sie es.«

Sie antwortete ihm nicht, sah ihn nur an. Eagle seufzte und ging zu ihr. Er zog sie hoch, und sie fügte sich wie eine Marionette. Er nahm ihr die Parka ab, dann die Pelzmütze und die Gesichtsmaske. Sie war sehr schön, wie er schon gedacht hatte. Teilnahmslos und leicht schwankend stand sie da, während er ihr die schweren Kleider auszog. Ihre Augen waren halb geschlossen.

Er drückte sie sanft auf die Couch zurück und kniete sich hin, um ihr die Stiefel abzunehmen. Er zog die oberen Socken ab, bis er zu den Nylons kam, und begann dann, ihr sanft die Füße zu massieren. Sie waren kalt und steif. Er sah auf und stellte fest, daß sie ihm blicklos über die Schulter starrte, zum Badezimmer hin.

Eagle begann mit leiser Stimme, in englisch und russisch zu sprechen, wie zu einem Kind. Er hielt es für das Beste, es jetzt hinter sich zu bringen. Dann wußte er, woran er war und wie weit er ihr trauen konnte. Aber er mußte vorsichtig und äußerst sanft sein. Sie hatte bereits einen Schock, und er wollte sie nicht hysterisch machen. Er glaubte, daß der Apachentrick klappen würde, sie sah reif dafür aus, aber man konnte nie ganz sicher sein.

Er rieb ihr weiter die Füße, dann die Knöchel, dann die Unterschenkel durch die Hose. Die Zirkulation wurde besser, ihr Fleisch wärmer unter seinen Händen.

»Wieviel Zeit haben wir, Suthina?«

Sie antwortete nicht, sah nur verwundert auf ihn herunter. Sie hatte einen breiten und sinnlichen Mund, der jetzt halb offenstand. Ihre Augen waren dunkel, aber er entdeckte einen Funken Grün oder Grau in ihnen. Sie starrte ihn weiter an und leckte sich mit einer kleinen rosa Zunge die Lippen.

Eagle lächelte sie an. »Sie müssen sich zusammenreißen«, sagte er. »Ich habe Sie etwas gefragt – wieviel Zeit haben wir?«

»Zeit?«

Er war geduldig. »Bevor die Ablösung kommt. Ich könnte den Mann natürlich ebenfalls töten, aber das hätte nicht viel Zweck. Der da –«, er nickte in Richtung Badezimmer –, »wird ohnehin bald vermißt werden. Es gibt einen Appell, nehme ich an. So oder so, es hat keinen Zweck, Leichen aufzutürmen. Wir müssen hier heraus, schnell, sobald ich meinen Auftrag erledigt habe. Also – wann kommt die Ablösung?«

Sie begann jetzt zu zittern, ein krampfartiges Zucken, das ihren schönen Körper schüttelte. Aber sie antwortete.

»Um acht Uhr. Ortszeit.«

Eagle sah auf seine Uhr. »Ich habe auch Ortszeit. Jetzt ist es kurz nach eins. Also haben wir knapp sieben Stunden, um Pläne zu machen, Suthina. Um Pläne zu machen und sie auszuführen! Wie fühlen Sie sich jetzt?«

Ihre Reaktion auf den zärtlichen Ton in seiner Stimme überraschte ihn nicht. Sie begann zu weinen.

Eagle streichelte ihr kurz über den Körper – die schlanken Flanken hoch, kurz auf der schmalen Hüfte verhaltend, ein leichter Druck der festen Brüste – als er aufstand, um sie in seine Arme zu nehmen. Jede Bewegung war sorgfältig vorausgeplant. Sie befand sich in einem hochempfänglichen Zustand. Tod und Blut sind dem Leben und der Liebe sehr nahe, die Gegengewichte, die die Welt in Bewegung halten. Ein weniger geübter Psychologe als Eagle mochte es übersehen und nicht genutzt haben. Er aber hatte in den Tipis seines Adoptivvolkes gelernt.

Seine Stimme war tief und sanft als er sagte: »*Wih tahk krah sih wih!*« (Du bist sehr schön.)

Sie weinte stärker und schluchzte zitternd in seinen Armen. Er senkte seine Stimme zu einem Flüstern. »Hab keine Angst, Suthina. Ich kümmere mich um dich. Es wird alles gut werden. *Krah sih wih – sih wih.*«

Sie versteifte sich, widerstrebte und versuchte, von ihm wegzukommen. Er hielt sie ohne Anstrengung fest und flüsterte ihr auf Russisch zu, bis sie wieder gegen ihn sank. Er begann durch den dünnen Pullover ihre Brüste zu liebkosen. Suthina vergrub das Gesicht an seiner Schulter und weinte in herzzerreißenden Stößen. Sie schien seine Berührung nicht zu bemerken. Als er ohne viel Federlesens seine Hände unter ihren Pullover schob und ihren Büstenhalter öffnete, bog sie sich nicht weg und protestierte nicht. Sie schluchzte weiter, das Haar jetzt aufgelöst, das Gesicht verschwollen und tränenüberströmt.

Eagle rollte den Pullover hoch. Ohne den BH waren ihre Brüste schwere weiße Früchte in seinen Händen. Ihre Brustwarzen waren rotbraun und richteten sich unter seinen Händen bereits auf. Eagle küßte jede Brust langsam und zärtlich, er spürte die sanfte Wärme ihres Fleisches auf seinem Gesicht. Ihr Schluchzen klang leicht verändert.

Eagle war physisch erregt, aber nicht psychisch. Er plante jede Bewegung, wußte genau, was er tat. Eine Zeitlang mußte sie ihm gehorchen. Ein Weg, eine Frau vollständig und absolut zu beherrschen ist, sie sich sexuell zu unterwerfen, eine Sklavin aus ihr zu machen. Die Deutschen nannten das sexuelle Hörigkeit, die Apachen nannten es Bettmedizin.

Eagle zog ihr Pullover und Bluse aus. Sie weinte nicht mehr. Mit geschlossenen und von Tränen geschwollenen Augen ließ sie zu, daß er ihr sanft die Kleider abnahm. Er streifte die Träger ihres Büstenhalters herunter und hob ihr erst den einen und dann den anderen Arm, um ihn abzunehmen. Sie war wie eine Puppe, eine Marionette aus warmem Fleisch, die in ihm bereits ihren Meister erkannt hatte.

Eagle gewann. Ihr Kopf und ihr Körper verrieten sie. Und doch war es eine kristallene Stimmung, eine hochempfindliche Ausgeglichenheit, die schon durch eine falsche Bewegung unwiederbringlich ruiniert werden konnte. Falls das geschah, würde sie einen schweren hysterischen Anfall bekommen, und es war gut möglich, daß er sie töten mußte. Das wollte er nicht.

Suthina war jetzt bis zu den Hüften nackt. Sie trug nur die Hose, die Nylons und den kurzen Strumpfhalter. Eagle strich an ihrem Rückgrat hinauf und herunter, massierte sanft die Wirbelknochen unter der seidigen Haut.

Sie stemmte die Hände gegen seine breite Brust und stieß ihn einen Augenblick lang von sich, den nackten Oberkörper zurückgebogen. Ihr Mund stand offen. Sie starrte ihn an, ohne ihn zu sehen. Ihre Lippen bewegten sich.

»Was tun wir hier? Sind wir übergeschnappt? Träumen wir das alles? Ich will nicht – ich kann nicht –«

Er hatte den kritischen Punkt erreicht. Der Ausgang war völlig offen. Eagle zog sie wieder an sich und küßte ihren offenen Mund. »Wir träumen, Suthina, träumen. Wir träumen zusammen.«

Sie zitterte in seinen Armen. Er fühlte neue Tränen auf ihrem Gesicht. Dann traf ihre Zunge die seine, und sie begann, seine Liebkosungen zu erwidern.

Suthina blieb passiv. Aber sie erwiderte mit einer seltsamen Bereitwilligkeit jede seiner Bewegungen. Sie wurde zu einer wunderschönen Traumwandlerin, bereit, alles zu tun, was man ihr sagte oder zeigte. Aber zuerst mußte er sie beherrschen. Ihren Körper beherrschen, denn sie war jetzt nur noch Körper.

Sie ließ sich von ihm auf die Couch legen und hob gehorsam die Beine, als er ihr Hose und Unterwäsche auszog. Sie sah ihn nicht an. Ihr Atem kam stoßweise, als kämpfe sie um jeden Atemzug, und er konnte ihr Herz unter der linken, blaugeäderten Brust schlagen sehen. Sie streichelte ihm das Gesicht, die Augen noch immer geschlossen, aber als er sich schnell auszog, öffnete sie die Augen und starrte ihn an. Eagle, der seit seiner Kindheit wegen der ungewöhnlichen Größe seines Geschlechtsorgans geneckt worden war, meinte, in ihrem Blick Furcht und eine unbezwingbare Neugier zu entdecken. Er begann zu verstehen, daß sie nicht, wie er angenommen hatte, eine erfahrene Frau war. Und doch mußte sie schon dreißig sein.

Er führte ihre Hand zu sich. Zuerst weigerte sie sich, dann, als er nicht nachgab, ergriff sie ihn schaudernd und stöhnte leise.

Sie lächelte, aber es war, als habe sie Schmerzen. Durch den feuchtnassen Scharlachmund kamen undeutliche Worte.

»Mach schnell!«

Aber Eagle hatte keine Eile. Das war nicht sein Plan. Sie verlangte jetzt zwar nach ihm, später aber würde sie befriedigt sein. Ihr Wille würde zurückkehren. Sie würde beginnen, sich zu behaupten. Das konnte er nicht erlauben. Er mußte sie sich gefügig machen, sie solange wie möglich in sexueller Hörigkeit halten. Solange er brauchte, um seine Aufgabe zu erfüllen.

Lange Zeit reizte er sie bewußt und gnadenlos. Sie stöhnte und klammerte sich an ihn. Er vermied die Vereinigung. Ihr Begehren wurde so wild und laut, daß er Angst hatte, sie würde Pridwell aufwecken, und er erstickte ihr Betteln mit Küssen. Sie biß ihm in die Zunge.

Er mußte sich unbedingt zurückhalten. Er kannte seine sexuellen Fähigkeiten und wußte, daß er der Aufgabe ebenbürtig war, aber es würde nicht leicht sein. Wenn die Apachen eine unwillige, widerspenstige Squaw gefügig machen wollten, holten sie sich zuerst den Segen des Medizinmannes. Sein Rezept war immer dasselbe – Bettmedizin. Ihr Mann, wenn sie einen hatte, bekam als erster die Möglichkeit, ihr den Kopf zurechtzusetzen. Wenn das keinen Erfolg brachte, wurde diese Pflicht den lüsterneren Kriegern des Stammes übertragen. Das war die Art Stammesaufgabe, an der sie ihre Freude hatten. Die Squaw wurde in ein Zelt gebracht und durfte es unter Androhung der Todesstrafe nicht verlassen. Dann begannen die Krieger, sie zu besuchen. Manchmal dauerte es einen Tag, manchmal zwei oder gar drei. Das Ergebnis war immer das gleiche. Die Squaw machte nie mehr Schwierigkeiten. Sie kam aus dem Tipi so gefügig und gehorsam wie ein zahmes Reh.

Eagle hatte keine Helfer bei seiner nicht unerfreulichen Aufgabe. Er mußte sich zurückhalten und mit seinen Kräften haushalten. Als er endlich nach einem ausgedehnten Vorspiel, das Suthina

Wotanja in eine zitternde, schluchzende, stöhnende und sich windende Puppe verwandelte, hart in sie hineinstieß, sah er auf die Armbanduhr. Es war zwei Uhr.

Suthina krümmte sich sofort im Orgasmus und stieß einen schrillen Schrei aus, wurde schlaff und versuchte, unter ihm herauszukriechen. Eagle hielt sie mit seinem Gewicht und seiner Muskelkraft fest, ohne ihr weh zu tun, und stieß weiter in sie hinein. Jetzt wußte er, daß er recht gehabt hatte – diese Frau war noch nie voll erregt und dann befriedigt worden.

Suthina krümmte sich wieder. Sie preßte die Zähne aufeinander, um die Schreie zurückzuhalten, hing an ihm, rang mit ihm, das Gesicht verzerrt, die Maske war gefallen, verletzlich, wie nur eine Frau in tiefer Leidenschaft verletzlich sein kann. Nur ein guter Liebhaber sieht das wahre Gesicht seiner Geliebten.

Dann begann sie wieder zu weinen und bat ihn, aufzuhören.

Eagle kümmerte sich nicht darum. Er drückte sie fest auf die Couch und machte weiter. Sie waren jetzt beide schlüpfrig und glänzend vor Schweiß. Eagle, der mehrfach auf der Schwelle zitterte und fast die Kontrolle verlor, zwang sich dazu, an etwas anderes zu denken. Eine alte Methode, die manchmal Erfolg hatte.

Die Frau hatte längst aufgehört zu reagieren. Sie lag leblos da, ein Arm hing neben der Couch auf den Boden, der andere bedeckte ihr Gesicht. Ihr Atem war jetzt regelmäßiger, tief und rauh, ab und zu ächzte sie, wenn Eagle besonders tief in sie eindrang. Sie war jetzt nur noch warmes Fleisch, ein lebender Automat, und Eagle wußte, daß er für's erste gewonnen hatte. Er ließ den Samen herausschießen und sank zusammen, ein müder Läufer nach dem Marathon.

Sie lagen wie tot beieinander. Eagle erhob sich und sah auf die Uhr. Er hatte eineinviertel Stunden gebraucht.

Schnell zog er sich an. Suthina lag da, wie er sie verlassen hatte, nackt, bewegungslos und kaum atmend. Der Schreck durchzuckte Eagle sekundenlang, bis er das schwache Auf und Ab der Brüste bemerkte. Man hatte bei solchen Gelegenheiten Männer, und er nahm an, auch Frauen, sterben sehen.

Als er fertig angezogen war, ging Eagle zur Couch. Er wußte, daß dies, das Nachspiel, so wichtig war wie das Hauptereignis selbst. Zärtlichkeit jetzt. Zärtlichkeit und Mitgefühl und eine feste Hand.

Er küßte sie leicht auf den Mund. »Suthina? Wach auf, Suthina! Wir müssen mit Pridwell anfangen.«

Sie bewegte sich, öffnete aber nicht die Augen. Er schlug ihr leicht auf die Wange. »Suthina! Steh auf. Nun komm. Es geht weiter!«

Suthina öffnete die Augen. Sie sah ihn betäubt an und ließ den Blick dann durch den Raum wandern, sah auf ihren nackten Körper hinunter. Langsam setzte sie sich auf und begann, nach ihren Kleidern zu greifen.

Er berührte ihr Gesicht mit der Hand. »Wie geht es dir? Glaubst du, du kannst es schaffen – tun, was ich dir sage? Es ist gefährlich.«

Sie hatte einen Strumpf aufgehoben. Jetzt ließ sie ihn wieder fallen und ergriff seine Hände. Sie zog sie zu ihrem Gesicht und küßte sie.

»Ich liebe dich – liebe dich!«

Eagle lächelte mit all der Zärtlichkeit, die ihm zu Gebote stand. Sie meinte es ernst – für eine Weile. Es mußte reichen.

»Zieh dich an«, sagte er. »Oder möchtest du, daß Pridwell dich so sieht?«

Sie hing noch einen Moment an seinen Händen und sah zu ihm auf. Irgend etwas in dem Ausdruck ihrer Augen – etwas, das er nicht genau bestimmen konnte – kam ihm bekannt vor. Dann fiel es ihm ein.

Thur hatte ihn so angesehen.

13

Henry Lee Pridwell wollte es zuerst nicht glauben. Eagle bereitete die Szene sorgfältig vor, dann schlug er den Mann mit einem naßkalten Handtuch aus dem Schlaf. Pridwell, der Eagle an einen abgemagerten Hahn erinnerte, kam fluchend aus der Bewußtlosigkeit und schwang seine dünnen Beine aus dem Bett. Er fuhr sich durch das gelichtete Haar und sah Eagle finster an.

»Wer, zum Teufel, sind Sie?« Seine Augen registrierten die russische Uniform, er lachte höhnisch. »Sonderbehandlung, was? Um Mitternacht an die Tür hämmern und so. Was haben Sie mit mir vor? Erschießen?«

Mit Suthina war es anders gewesen. Es hatte Verständigungsschwierigkeiten gegeben. Eagle jedoch konnte mit Pridwell Klartext reden. Und er tat es auch.

»Ich bin ein amerikanischer Agent«, sagte er, »und gekommen, um Sie hier 'rauszuholen. Für Erklärungen ist jetzt keine Zeit. Sie werden meinen Befehlen gehorchen, ohne Widerrede. Verstehen Sie mich, Pridwell?«

Der Wissenschaftler sah ihn zornig an. »Ich höre, aber ich glaube Ihnen nicht. Sie sind ein Schwindler! Sie tragen eine russische Uniform. Das ist abgekartetes Spiel, obwohl ich nicht weiß, wozu.«

Eagle ließ ihn die Gaspistole sehen. »Rede ich wie ein Russe?«

»Nein. Das hat nichts zu sagen. Eine Menge guter Kommunisten wachsen in den Staaten auf. Sie sind mit ihr gekommen, nicht wahr?« Er nickte in Suthinas Richtung. Sie saß voll angezogen auf der Couch und legte sich Make-up auf. Eagle hatte die Tür mit Absicht aufgelassen.

»Sie kommt mit uns«, sagte er. »Sie läuft zu uns über. Und jetzt stehen Sie auf und ziehen sich an.«

Pridwell starrte von Eagle zu Suthina und dann zurück zu Eagle. »Überlaufen? Haha! Sie denken wohl, Sie reden mit einem Schwachsinnigen. Diese Frau, Dr. Wotanja, ist eine der besten Wissenschaftlerinnen Rußlands. Sie leitet diese ganze verdammte Sache hier! Und Sie erwarten von mir, daß ich glaube – nein. O nein! Das kaufe ich Ihnen nicht ab. Aber es war ein netter Versuch. Jetzt machen Sie bloß, daß Sie 'rauskommen, und lassen Sie mich weiterschlafen. Ich –«

John Eagle riß den kleinen Mann vom Bett. Er mochte den Kerl, mochte den Kampfgeist und das Feuer – es konnte ihnen nützlich werden –, aber jetzt war dafür keine Zeit.

»Sie haben die Wahl, Pridwell. Entweder kommen Sie mit, oder ich töte Sie jetzt und hier. Das sind meine Anweisungen: Sie, Ihr Wissen, Ihren Kopf, dem Feind vorzuenthalten. Nun?«

Pridwell reckte das Kinn vor. »Von allen gottverdammten Lügenmärchen – nehmen Sie die Hände weg, Sie Affenmensch!«

Eagle warf ihn durch die Tür. Pridwell landete auf Händen und Knien und streckte alle viere von sich. »Schauen Sie ins Bad«, sagte Eagle. »Sehen Sie gut hin. Sehen Sie sich richtig satt. Und dann kommen Sie zurück und erzählen mir, ob Sie immer noch glauben, daß ich Witze mache.«

Pridwell kam auf die Füße. Er sah Suthina böse an, warf Eagle einen zweifelnden Blick zu und ging ins Badezimmer. Sie hörten seinen Ausruf: »Mein Gott!«

Pridwell kam aus dem Badezimmer und starrte Eagle an. »Er – er ist tot! Die Badewanne ist voller Blut.«

Eagle schob ihn in einen Sessel. Suthina saß ruhig und wortlos da, ihre Augen folgten Eagle, wenn er sich durch den Raum bewegte.

Eagle richtete die Gaspistole auf Pridwell. »Nun, kleiner Mann? Machen Sie mit und helfen Sie uns, oder erschieße ich Sie gleich?« Als der Mann immer noch zögerte, machte Eagle ein schreckliches Gesicht und brüllte: »Ich meine es ernst, verdammt noch mal! Wir hauen in etwa vier Stunden ab. Da draußen bläst ein Schneesturm, und den müssen wir ausnutzen. Es gibt einen Eisbrecher, den wir entern und überrumpeln müssen. Der Eisbrecher bringt uns hier heraus. Vielleicht. Und – hören Sie gut zu, Pridwell – ein paar Stunden, nachdem wir weg sind, wird diese Anlage hier in Fetzen fliegen!«

Eagle trug wieder seinen Werkzeuggürtel. Er hakte die Atomatron-Granate ab. Sie war nicht entsichert. Er warf sie dem kleinen Mann zu. »Das ist eine Atomwaffe, Pridwell. Sie hinterläßt auf zehn Quadratkilometern nichts als Rauch und Staub. Nicht, daß Ihnen das noch etwas ausmachen wird – Sie erschieße ich zuerst, um sicherzugehen.«

Eagle beobachtete das Gesicht der Frau, während er sprach. Sie hatte bisher nichts von seinem endgültigen Plan gewußt. Er hatte ihn bis vor etwa einer Stunde selbst nicht gekannt. Jetzt mußte es sein. Sie mußten schnell weg. Es blieb keine Zeit, den riesigen Komplex zu durchstreifen und die Arbeit Stück für Stück zu tun. Er hatte Prokowitz und Suthina Wotanja. Er hatte auch Pridwell, nach dem Ausdruck zu urteilen, der sich auf seinem Gesicht abzuzeichnen begann. Er hatte genug getan. Jede Faser seines Seins befahl ihm, Schluß zu machen und die Stadt mit dem zu verlassen, was er schon hatte.

Suthinas Gesichtsausdruck änderte sich nicht. Eagle dachte, sie sei ein wenig bleicher geworden, aber das konnte am Licht liegen. Jetzt wußte sie Bescheid.

Pridwell hatte die Granate mit unerwarteter Geschicklichkeit aufgefangen. Jetzt balancierte er sie in den Händen und sah Eagle an. »Bei Gott«, sagte er schließlich. »Ich fange an, Ihnen zu glauben. Okay. Es ist verrückt, Sie sind verrückt, dieses ganze Unternehmen ist unmöglich, aber ich glaube Ihnen.« Plötzlich lachte der kleine Mann. »Ich hätte auch nicht geglaubt, daß die Russen mich kidnappen würden, aber es ist passiert. Also gut, ich mache mit. Was soll ich tun?«

Eagle sah auf seine Uhr. Es war fast drei. Er nahm Pridwell die Granate wieder ab und hockte sich auf den Teppich zwischen die beiden. »Jetzt hört mir gut zu«, sagte er. »Wenn ihr meinen Befehlen gehorcht und mir vertraut, dann hole ich euch hier raus.«

Pridwell nickte. Aber er sah Suthina Wotanja an und runzelte die Stirn. »Ich traue Ihnen, wer immer Sie sind. Aber ihr traue ich nicht. Sie spielt irgendein Spiel mit Ihnen, mein Lieber!«

Die Frau achtete nicht auf Pridwell. Sie sah Eagle mit weichen, leuchtenden Augen an.

»Lassen Sie das meine Sorge sein«, schnappte Eagle. Er hatte Suthina immer noch, ganz sicher. Und doch regte sich ein ungutes Gefühl in ihm. Pridwell, der hitzköpfige kleine Bastard, konnte mit seinen Tiraden alles kaputtmachen.

»Halten Sie den Mund und hören Sie zu«, sagte er. »Das ist mein Plan: Wir haben noch knapp fünf Stunden, bevor die Ablösung für den Wärter kommt. Mit mehr können wir nicht rechnen – fünf Stunden. Und auch die nur, wenn alles klappt, niemand Verdacht schöpft und nichts schiefgeht.«

Er klopfte auf die Atomatron-Granate an seinem Gürtel. »Suthina, du wirst unseren kleinen Freund hier ins Herz der Anlage tragen, in deiner Bereitschaftstasche. Ich möchte die Granate so weit im Zentrum wie möglich. Wie nahe kannst du herankommen?«

Suthina wußte, daß sie es tun würde. Es schien unmöglich – nur ein paar Stunden früher wäre es undenkbar gewesen –, aber jetzt wußte sie, daß sie es tun würde.

»Ich kann bis zum Kremlplatz kommen«, erklärte sie. »Wir dürfen unseren eigenen Sektor nur mit Sonderpässen verlassen. Ich – ich könnte einen bekommen, aber das würde Zeit kosten, und ich müßte einen guten Grund angeben.«

Eagle dachte einen Moment nach, dann schüttelte er den Kopf. »Nein. Zu lang, zu riskant. Wie nahe kannst du kommen, ohne in das militärische oder das technische Gebiet einzudringen?«

»Zum Gehirnlabor. Näher komme ich nicht. Aber das ist nicht weit vom Zentrum.«

»Okay«, sagte er. »Bring die Bereitschaftstasche ins Gehirnlabor. Die Granate wird eingestellt und entsichert sein. Du wirst nur sehr wenig Zeit haben, denn wir müssen mit Sekundenbruchteilen rechnen. Ich habe den Eisbrecher gestoppt – er braucht etwas weniger als zwei Stunden, um die Insel einmal zu umrunden und fährt nahe an dem Notausstieg vorbei, durch den ich kam. Wenn wir ihn verfehlen, sind wir tot. Da draußen bläst ein höllischer Schneesturm, und sie werden bald nach uns suchen und Alarm geben. Aber wenn wir den Eisbrecher übernehmen können, haben wir vielleicht eine Chance. Sie können wegen des Sturms keine Flugzeuge einsetzen.«

Es klang wunderbar einfach, dachte er. Es war auch einfach. Aber es würde nicht leicht sein. Bei weitem nicht so leicht, wie er es hatte klingen lassen. So viele Faktoren konnten . . .

Das Telefon läutete.

14

Das Telefon läutete beharrlich weiter. Pridwell murmelte einen leisen Fluch. Eagle sah Suthina an. »Was ist das? Routine? Eine Überprüfung?«

»Ich weiß nicht. Soll ich abnehmen?« Das Telefon stand auf einem Regal neben der Eingangstür. Es schrillte wieder, unnachgiebig, fordernd. Eagle wußte, daß etwas schiefgegangen war.

»Melde dich«, sagte er. »Sei sehr vorsichtig. Sag ihnen, daß etwas mit Pridwell los war, etwas, das deine Abwesenheit aus der Wohnung und deine Gegenwart hier erklärt. Finde heraus, was das Ganze soll.«

Suthina nahm den Hörer ab. *»Da?«*

Eagle griff sich Pridwell und schob ihn auf einen Schrank zu. »Ziehen Sie sich an«, flüsterte er. »Die Kleider des Wärters. Alle. Schnell.« Er beobachtete Suthina. Ein verstörter Ausdruck lag auf ihrem Gesicht.

Oberst Sarkoff sagte: »Ah, Doktor, haben wir Sie endlich doch gefunden! Sie haben eine eigenartige Arbeitszeit, wie? Ich versuche schon seit geraumer Zeit, Sie zu finden.«

»Einer meiner Patienten, Pridwell, brauchte Hilfe. Er hatte

einen Krampfanfall, und der Wärter rief mich an. Es ist jetzt in Ordnung. Was wünschen Sie, Oberst?« Ihre Wohnung wurde beobachtet!

»Nur ein paar Fragen, Doktor. Über eins der Gehirne, die in Ihren Experimenten benutzt werden. Eins starb vor kurzem, glaube ich?« Sarkoffs Ton war glatt, fast freundlich. Die Sache gefiel ihr nicht. Was wollte er?

»Das ist wahr«, sagte sie. »Ein Gehirn starb.«

Sarkoff sagte: »Ich habe hier einen Bericht, Doktor, in dem steht, daß das Gehirn vorsätzlich zerstört wurde. Durch Boris Prokowitz. In dem Bericht steht ebenfalls, Doktor, daß Sie das wußten. Ich kenne mich in diesen Dingen nicht aus, aber hier steht, daß das Gehirn irgendwie von seiner Nahrungszufuhr abgeschnitten wurde. Wenn das wahr ist, Genossin, dann finde ich es äußerst eigenartig, daß Sie solch einen Vorfall nicht unverzüglich meldeten. Aber ich bin sicher, daß Sie eine Erklärung dafür haben, nicht wahr?«

Jemand hatte zugesehen. Noch ein Spion im Labor. Unwichtig jetzt, wer es war. Der Oberst wartete. Sie konnte fast sehen, wie er lächelte und sich den Schnurrbart zwirbelte.

Sie verlor nicht die Nerven und beobachtete das Gesicht des Amerikaners, während sie sprach. Er stand neben ihrer Schulter und hörte jedes Wort.

»Ich habe nur eine einzige Erklärung dafür, Oberst. Das Ganze ist Lüge und absoluter Unsinn. Ein Gehirn starb tatsächlich, ja, aber es war ein Unfall. Ich bin hier in ein paar Minuten fertig. Soll ich mich in Ihrem Büro melden?«

»Geben Sie mir den Wärter, Doktor, wenn es Ihnen nichts ausmacht. Es ist Dubinow, nicht wahr?« Er hatte das gründlich nachgeprüft.

Eagle hörte Sarkoffs Worte und schüttelte den Kopf. Er zog sich jetzt ebenfalls schnell an. Pridwell steckte bereits in den schweren Kleidungsstücken des Wärters.

»Ich – ich habe ihn früher gehen lassen«, sagte Suthina. »Ich hatte vor, hierzubleiben, bis die Ablösung kam. Aber wenn Sie es wünschen, komme ich sofort zu Ihrem Büro und –«

»Das ist nicht nötig«, sagte Sarkoff. »So wichtig ist es auch wieder nicht, Doktor. Aber bitte kommen Sie so bald wie möglich vorbei.«

Dann machte Sarkoff seinen Fehler. Er deckte den Hörer nicht richtig ab. Sie hörte seine Stimme dünn und verzerrt zu jemand anderem sagen: »Holen Sie mir Major Penoff. Sofort!«

»Selbstverständlich, Oberst«, sagte sie. »So bald wie möglich.«

Sie hängte auf und sah Eagle an. »Sie haben mich in Verdacht. Er schickt jemand. Soldaten.«

Eagle nickte nur. »Zieh dich an«, schnappte er. »Schnell.« Er drehte sich zu Pridwell um. Der kleine Mann sah unter den vielen Kleidern unförmig aus. Eagle überprüfte ihn schnell. Stiefel, Handschuhe, Gesichtsmaske, Parka. Er brachte den Mann zur Tür und zischte ihm seine Anweisungen ins Ohr, während er ihn hinausschob. Pridwell verschwand in den eisigen Korridor. Eagle wandte sich zu Suthina, die ihre Gesichtsmaske anlegte.

»Wie lange werden sie brauchen?«

»Mindestens fünfzehn Minuten. Vielleicht etwas länger, der Major muß noch eine Abteilung zusammenstellen und –«

»In Ordnung.« Er hob die Hand. »Kennst du einen Weg zurück zum Labor, auf dem du sie vermeiden kannst?«

Es gab noch einen anderen Tunnel, er führte außen herum. Eagle saß jetzt auf der Couch, ihre Bereitschaftstasche zwischen den Beinen, und verstellte etwas an der Atomatron-Granate. Als er fertig war, legte er sie vorsichtig in die Tasche. »Nicht fallenlassen«, sagte er. Er gab sie ihr lächelnd.

»Geh so schnell du kannst. Zuerst zur Kreuzung, nimm den langen Weg. Stell die Tasche ins Labor und komm zurück. Nicht hierher – zum Leichenraum, wo wir Prokowitz gelassen haben. Ich habe Pridwell hingeschickt.«

Sie wartete auf den Stufen, während er das Licht in der Hütte ausschaltete; dann liefen sie zu der hohen Stahltür, die in die verlassenen Tunnel führte. Eagle hielt dort an, nahm Suthina in seine Arme und gab ihr einen kurzen, wilden Kuß. »Lauf«, sagte er, »lauf bis du an ihnen vorbei bist. Dann benimm dich so natürlich du kannst. Du brauchst dir noch nicht allzuviel Sorgen zu machen. Dein Oberst wird die Sache für sich behalten, bis er sicher ist, daß er dich hat. Versteck die Granate im Labor und komm hierher zurück. Ich gebe dir eine Stunde. Danach kann ich nicht mehr warten.«

Er zeigte auf ihre Bereitschaftstasche. »Das Ding ist auf acht Uhr eingestellt. Nicht allzuviel Zeit. Lauf.« Er gab ihr einen leichten Stoß. Sie lief den Korridor hinunter und sah nicht zurück.

Eagle sah sie um die Biegung verschwinden und vergaß sie dann für den Moment. Er glaubte, daß sie es schaffen würde. Er hatte getan, was er konnte. Wenn sie es nicht schaffte, hatte er einen Ausweichplan. Die Explosion würde nicht so weit reichen, nicht ganz so befriedigend sein, aber doch gut genug.

Jetzt war er allein in dem stillen, glitzernden Tunnel. Er hackte ein großes Eisstück aus der Wand und benutzte es, um die Stahltür aufzuhalten. Er kniete sich dahinter und wartete. Hoffentlich kamen sie in Reih' und Glied anmarschiert. Das machte die Sache leichter.

Er überprüfte die Gaspistole. Das Magazin war voll. Er wollte sie erst vorbeilassen, in der Hoffnung, daß sie die offene Tür nicht bemerkten, und sie dann von hinten nehmen. Er mußte zwischen ihnen und dem offenen Korridor sein und ihnen in der Sackgasse den Weg abschneiden. Niemand durfte entkommen. Wenn seine Pläne gelingen sollten, brauchte er Chaos und Verwirrung.

Während er wartete, hörte er den Eisbrecher feuern, und sah auf seine Uhr. Wenn das kleine Schiff das nächstemal herumkam, mußte er an Bord gehen. Es war sein persönlicher Notausstieg. Der einzige, den er hatte.

Es waren sechs Soldaten und ein Offizier. Sie kamen um die Ecke und marschierten in Zweierreihen auf den wartenden Eagle zu. Der Offizier ging vorn, er trug die Rangabzeichen eines Majors. Sie waren alle dick eingepackt und bewegten sich unbeholfen; die Soldaten trugen Maschinenpistolen über der Schulter.

Als die letzten beiden vorbeigetrottet waren, bewegte sich Eagle. Die Tür schwang geräuschlos auf. Er trat in den Korridor, kniete sich hin, brachte die Pistole auf seinem Unterarm in Anschlag und nahm sich die Soldaten der Reihe nach vor.

Pschhhhh – pschhhhh – pschhhhh – pschhhhh – pschhhhh – pschhhhh –

Er traf sie von hinten, von links nach rechts, in tödlicher Folge und ohne Fehlschuß. Die Pistole zischte und sprang in seiner Hand, die Russen husteten und schrien, stolperten und fielen und bildeten einen Knoten aus Blut und um sich schlagenden Gliedern.

Eagle sprang vorwärts. Der Offizier war zuletzt getroffen worden. Er lag auf dem Rücken, kratzte nach dem Pfeil, der ihn durchbohrt hatte, und starrte Eagle mit brechenden Augen an, während Blut aus seinem Mund quoll. Er versuchte, eine Pistole hochzubringen, die er irgendwie unter der Parka hervorgeholt hatte. Eagle trat ihm die Waffe aus der Hand.

Ein bißchen Zeit gewonnen. Nicht viel. Oberst Sarkoff würde eine Weile warten, ungeduldig, und dann einen zweiten Trupp schicken. Der würde schwerbewaffnet und gefechtsbereit sein, und Eagle hatte keine Lust, darauf zu warten.

Er machte sich an die Arbeit und schleppte die sechs Toten durch die Stahltür in den verlassenen Korridor. Gib ihnen ein kleines Rätsel auf. Soll die neue Kolonne sich fragen, was mit der alten geschah. Jede Minute, die er gewann, war unbezahlbar.

Mit dem Messer hackte er Eis und Schnee von den Wänden und warf es über das Blut. Er zielte sorgfältig mit dem Bogen – er brauchte die restliche Munition der Gaspistole – und schoß die Lampen aus, die ihm am nächsten waren. Der Korridor lag jetzt im Dämmerlicht, bis auf den schwachen Schein weit vorn an der Ecke.

Eagle sah auf die Uhr, als er wieder durch die Stahltür lief. Fünfunddreißig Minuten waren vergangen. Wenn die Frau tat, was er ihr gesagt hatte, wenn sie nicht von Panik gepackt worden war, oder es sich anders überlegt hatte, oder einen hysterischen Anfall bekommen hatte, dann mußte sie die Granate jetzt untergebracht haben und sich auf dem Rückweg befinden. Und dann gab es natürlich noch die Möglichkeit, daß man sie festgenommen hatte, bevor sie eins von beiden tun konnte.

Eagle arbeitete bei dem Licht über der Tür und hackte ein Loch ins Eis. Er zog einen Stiefel aus – sein Fuß begann unverzüglich zu erfrieren – und holte einen Streifen Plastiksprengstoff aus der falschen Sohle seines inneren Schuhs. Er zog den Stiefel wieder an, stampfte, um das Blut wieder in Gang zu bringen, zwickte ein Stückchen des Sprengstoffes ab und rammte es in das Loch. Er wollte nur eine leichte Explosion, genug, um den Tunnel zu blockieren.

Er nahm eine normale Granate von seinem Gürtel und mühte sich mit behandschuhten Händen, einen Zeitzünder aus einer Tasche seines Gürtels einzusetzen.

Er drückte Schnee um die Granate in dem Loch fest und rannte auf das winzige Licht am entfernten Ende des Korridors zu.

Pridwell war im Leichenraum und hockte neben der deckenbeladenen Gestalt von Boris Prokowitz. Er starrte Eagle mit apathischen Augen an und bewegte sich nicht. Der kleine Mann erfror.

Eagle zog ihn hoch und warf ihn quer durch den Raum. Pridwell stolperte über eine Leiche und fiel. Er machte keine Anstalten, aufzustehen. Eagle hob ihn wieder hoch, zwang ihn zum Gehen und schrie ihn an.

»Laufen, Sie verdammter Idiot! Bewegung! Nicht stehenbleiben. Ich brauche Sie noch. Laufen Sie! Kriechen Sie! Aber bewegen Sie sich!«

Die Worte knirschten Pridwell wie Eiszapfen von den Zähnen. »K-kann nicht. Z-zu k-kalt. I-ich s-sterbe!«

»Das machen Sie nicht mit mir, Sie Hurensohn!« Eagle nahm die Pistole aus dem Halfter und richtete sie auf Pridwell. »Laufen Sie! Oder ich töte Sie gleich jetzt. Verlassen Sie sich drauf!«

Pridwell begann, im Zimmer auf und ab zu stolpern. Er glitt aus, fiel, stand wieder auf und fiel wieder um. Er begann, seine Hände und Arme zusammenzuschlagen, ging ein Dutzend Schritte ohne zu fallen. Eagle steckte die Pistole weg und trat zu Prokowitz.

Der Plastikanzug heizte perfekt. Eagle schraubte einen Moment lang den Helm ab und legte ihm die glänzende Klinge seines Messers so nahe wie es ging an die Lippen, ohne sie zu berühren. Nur eine winzige Spur von Feuchtigkeit, sofort zu Eis erstarrt, ein Hauch von Frost. Eagle atmete erleichtert auf und schraubte den Helm wieder an. Er sah auf seine Uhr. Sie hatten noch fünfzehn Minuten. Pridwell wurde wieder lebendig. Er stolperte stetig auf und ab, und seine Flüche füllten die Luft. Eagle faßte ihn am Arm, steuerte ihn auf Prokowitz zu und deutete auf den schlafenden Mann.

»Nicht tot«, erklärte er. »Schläft nur. Ich muß ihn hier herausholen. Er ist wichtiger als wir alle. Glauben Sie, daß Sie ihn tragen können?«

Pridwell starrte auf den scheintoten Mann im Plastikanzug hinunter. Er stieß unter der Maske das Kinn vor und sagte: »Heiliger Strohsack! Was noch? Nein, ich glaube nicht, daß ich ihn tragen kann. Ich bin nicht sehr groß, und meine Kondition ist saumäßig.«

»Versuchen Sie's. Heben Sie ihn hoch.«

Pridwell mühte sich. Er bekam Prokowitz' schlaffe Gestalt auf seine Arme, glitt dann aus und fiel. »Ich schaffe es nicht.«

Die Kälte begann Eagle zu irritieren. Suthina hatte noch neun Minuten. Er sagte: »Okay. Ziehen Sie ihn an den Füßen wie einen Schlitten. Er ist nicht sehr schwer. Na los, fassen Sie ihn an den Füßen!«

Pridwell gehorchte. Er konnte den alten Mann auf diese Weise leicht bewegen. Eagle ging zur Tür und zeigte den Korridor hinunter. Am äußersten Ende, fast einen Kilometer entfernt, schimmerte ein einsames Licht.

»Das ist ein Notausstieg«, sagte Eagle. »Wir gehen da raus, wenn alles klappt. Schleifen Sie ihn dahin, und warten Sie auf mich. Moment noch! Da oben heult ein Schneesturm, der Sie innerhalb von Minuten umbringen kann. Wenn sie Explosionen hören, machen Sie sich keine Sorgen. Ich blockiere nur ein paar Tunnels. Okay, los. Drücken Sie uns die Daumen. Ich komme zu Ihnen, sobald ich kann.«

Pridwell zögerte einen Moment. Dann streckte er Eagle eine behandschuhte Hand entgegen. »Ich weiß nicht, was hier eigentlich vor sich geht«, sagte er. »Vielleicht träume ich, oder ich bin immer noch übergeschnappt, aber wenn nicht – dann möchte ich Ihnen sagen, daß Sie ein großartiger Kerl sind, Mister!«

Sie schüttelten sich die Hände. Eagle klopfte dem kleinen Mann auf die Schulter. »Gehen Sie jetzt.«

Sie hatte noch fünf Minuten. Er brauchte drei davon, um ein weiteres Loch ins Eis zu graben und mehr Plastiksprengstoff und eine Standardgranate unterzubringen. Er klopfte das Eis wieder fest. Dies war eine gute Stelle für die Sprengung, direkt an der Kreuzung der beiden Korridore. Sie würden ihnen nicht folgen können, bis die Tunnels geräumt waren – eine stundenlange Arbeit –, und solange der Schneesturm heulte, konnten sie nicht auf die Eisdecke, um nach ihnen zu suchen. Langsam begann Eagle selbst daran zu glauben, daß sie es schaffen konnten – aber warum kam Suthina nicht?

Noch zwei Minuten. Die erste Ladung mußte in weniger als ...

Die Stahltür am Ende des Korridors flog auf. Einen Augenblick lang sah er ihre Silhouette gegen das Licht. Wieso Licht? Er hatte die Lampen ausgeschossen!

Sie rannte auf ihn zu, in der Hand die Bereitschaftstasche. Starke Taschenlampen folgten ihr in den Korridor, fanden sie und fingen sie in ihrem weißen Netz. Gottverdammt noch mal! Alles war schiefgegangen. Der Oberst hatte nicht gewartet.

Maschinengewehre jetzt. Jammerndes Stakkato von der Stahltür. Blaue und gelbe Feuerzungen, Kugeln summten und zerspleißten die Luft über ihm. Eagle lag flach auf dem Gesicht, hilflos. Die Entfernung war zu groß für die Gaspistole. Er konnte nicht stehen oder knien, um den Bogen zu benutzen. Sie kam immer noch näher, lief verzweifelt, und die Bereitschaftstasche schlug ihr gegen die Beine. Warum die Tasche? Hatte sie die Granate doch nicht untergebracht?

Wieder Maschinengewehrfeuer. Klatschend und heulend füllte sich die enge Eisröhre mit Tod. Suthina fiel. Versuchte aufzustehen. Fiel wieder. Eagle kroch auf sie zu. Es war falsch, das wußte er. Er durfte nicht warten. Er hatte Prokowitz.

Er kroch weiter auf sie zu. Sie hatte sich Mühe gegeben, hatte es für ihn geschafft. Zum Teufel mit den Befehlen!

Die Maschinengewehre ratterten. Über ihm flüsterte das Blei vom Tod. Er erreichte sie, fühlte ihr Blut auf der Parka zu Eis werden.

Die erste Ladung im Hauptkorridor ging mit einem »Wummmm« in die Luft. Die Lichter erloschen. Männer schrien. Eine heiße Druckwelle raste durch den Tunnel. Eagle nahm Suthina Wotanja auf und lief los. Sie hielt noch immer ihre Tasche fest.

Er warf sie sich über die Schulter und rannte. Sie gab keinen Ton von sich. Er lief auf den gelben Lichtstern zu, der weit vorn blinkte. Er hatte die Hälfte des Weges hinter sich, als die zweite Ladung explodierte. Die Druckwelle folgte Eagle durch den Tunnel und warf ihn um. Riesige Decken- und Wandstücke fielen mit Getöse in sich zusammen. Das Licht ging aus. Eagle nahm eine Taschenlampe von seinem Gürtel, faßte Suthina fester und lief weiter.

Pridwell stand neben dem Stahlzylinder des Notausstiegs, stampfte mit den Füßen und ruderte mit den Armen. Prokowitz lag neben ihm auf dem Eis. Eagle leuchtete Pridwell an, als er angelaufen kam. »Sie sind doch so was wie ein Arzt? Sehen Sie sich Suthina an. Schnell.«

Pridwell maulte: »Ich bin kein Mediziner! Außerdem habe ich keine Instrumente bei mir. Nichts. Ich –«

Seine Stimme erstarb, als er Suthinas Wunden sah. Eagle wußte sofort, es war hoffnungslos. Das Maschinengewehr hatte sie voll in den Rücken getroffen.

Sie hielt noch immer die Bereitschaftstasche fest. Er machte sich daran, sie ihr vorsichtig aus den Fingern zu winden. Wenn sie es nicht geschafft hatte, mußte er es tun. Noch war Zeit genug. Die kleine Granate würde immer noch alles im Umkreis von . . .

Suthina öffnete die Augen. Sie versuchte, ihn anzulächeln. Ihr Mund füllte sich mit gefrierendem Blut, und sie machte ein seltsames, blubberndes Geräusch. Eagle räumte ihr so gut es ging den Mund aus. Er bückte sich, um zu horchen. Ihre Stimme war leise, wie ein sterbendes Echo, aber die Worte kamen klar. Sie sprach russisch. Eagle hatte das eigenartige Gefühl, daß sie eigentlich gar nicht mit ihm, mit sich selbst oder sonst einem der Anwesenden sprach. Und doch redete sie mit jemandem und sagte etwas, das unbedingt gesagt werden mußte, bevor sie starb.

»Am Ende habe ich doch nicht den – den Mut. Es würde sich nicht ändern. Immer würden sie mich quälen. Nie hätte ich Ruhe. Ich bin nicht – ich will kein – kein Leben im Gefängnis. Eine Gefangenschaft gegen die andere tauschen. Ich will frei sein – frei –«

Eagle durchsuchte vorsichtig die Bereitschaftstasche. Die Granate war nicht mehr da.

Ihre Augen öffneten sich weit. Sie versuchte, sich an Eagle zu klammern. Eagle flüsterte Pridwell, der die Taschenlampe hielt, zu: »Leuchten Sie mir ins Gesicht.«

Suthina Wotanja brachte eine Hand hoch, um Eagle zu berühren. »Ich bin keine Verräterin – nicht den Mut dazu. Aber ich habe die kleine Bombe versteckt – damit sie alle zerstört, die das wirkliche Rußland zerstören. Ich – ich habe sie in – eins – der – Gehirne – getan.«

Die Augen der Frau begannen glasig zu werden. Und doch versuchte sie, zu lächeln; neues Blut quoll in die Krusten auf ihrem Gesicht und dem Hals. Sie bewegte sich in Eagles Armen, und einen Augenblick klärten sich ihre Augen, und ihre Stimme war fast normal.

»Prokowitz ist wahnsinnig«, sagte sie. »Ich weiß es jetzt. Er tötete ein Gehirn, weil er glaubte, es würde sein Geheimnis ausplaudern.« Sie deutete mit dem Kopf auf ihre Tasche. »Ich habe Dinge mitgebracht, um ihn am Leben zu erhalten. Aber er ist wahnsinnig, hoffnungslos wahnsinnig – ich – ich –«

Eine lange Pause. Sie schloß die Augen und entspannte sich in Eagles Armen. »Wir – wir – alle wahnsinnig. Ich kein – kein – kein Verräter. Kein Mut, ich . . .«

Pridwell sagte: »Das war alles. Sie ist tot.«

Eagle legte sie auf den Boden. Im Lichtkegel der Taschenlampe sah er auf die Uhr.

»In zwanzig Minuten kommt der Eisbrecher an diesem Notausstieg vorbei«, sagte er. »Wir haben nur diesen einen Versuch. Sind Sie bereit, alles auf eine Karte zu setzen, Pridwell?«

Pridwell rückte die Gesichtsmaske der Toten zurecht. Er zog die Kapuze der Parka zu, um ihr Gesicht zu bedecken. Dann stolperte er hoch.

»Gehen wir«, sagte er. »Was soll ich tun?«

Eagle sagte es ihm.

15

Der Protoagent lag am Rand der Eisscholle und fühlte, wie sie sich bewegte und hob, als der Eisbrecher *Lenin* näherkam. Bevor er in die Tunnels hinabgetaucht war, hatte er die *Lenin* durch sein Fernglas genau studiert. Ein kleines Schiff, aber kräftig und mit einem verstärkten Bug. Er schätzte die Mannschaft auf knapp ein Dutzend Mann. Und bei dem Sturm, der jetzt blies, waren sie wahrscheinlich alle außer der Wache behaglich unter Deck. Eagle vertraute darauf und auf die allgemeine Gleichgültigkeit, die er an der Mannschaft bemerkt hatte. Er hatte mehrfach gesehen, wie die *Lenin* anhielt, während die Mannschaft an Seilen und Ketten heruntерglitt, um auf dem Eis herumzuspazieren. Sie hatten einen unerfreulichen Job, und ihr Verhalten bewies es. Sie beeindruckten ihn nicht sonderlich.

Er war vom Notausstieg aus nach Osten über das Eis gekrochen, hoffte, die *Lenin* genau gegenüber dem Notausstieg anhalten zu können. Er verließ sich darauf, daß Pridwell seinen Teil dazutat; Gott sollte ihnen allen helfen, wenn der kleine Mann es nicht schaffte. Eagle konnte nicht alles allein tun.

Die *Lenin* bewegte sich sehr langsam in dem schwarzen Wasserstreifen, den sie um die Insel offenhielt.

Der Bug ragte jetzt über ihm auf, ein bißchen zu nahe. Eagle kroch schnell zurück, als die stählerne Wölbung über ihn kam und eine splitternde Druckfalte aus zerborstenem und durchbrochenem Eis aufwarf. Der Bug war vorbei. Das Eis schloß sich wieder um das Schiff und rieb sich am Stahl der Bordwände.

Eagle stand auf. Der Wind schlug ihn fast um. Wo er jetzt stand, würde bald die Hölle losbrechen, dachte er grimmig, selbst wenn Suthina die Bombe doch nicht gelegt hatte. Eagle hatte ein Pfund Plastiksprengstoff im Tunnel zurückgelassen.

Er lehnte sich gegen die vorbeigleitende Wand des kleinen Kutters. Der rostige, kalte Stahl kratzte unter seinen dicken Doppelhandschuhen. Seine Hände waren nicht in bester Verfassung. Er bewegte die Finger hin und her und versuchte, soviel Gefühl wie möglich zurückzubekommen. Wenn er diese Chance verpaßte –

Eine Kette schlug ihm gegen die Brust. Er schnappte wild danach, unbeholfen in den Handschuhen, und begann zu klettern.

Er taumelte, rutschte ab und verlor fast die Kette. Die Handschuhe glitten ab. Eagle konzentrierte sich mit jedem Gramm seines Wesens darauf, die Hände um die Kette zu schließen. Er stieß sich ab, fand mit den schweren Stiefeln an der Bordwand der *Lenin* Halt. Dann kletterte er hinauf.

Er kroch über die vereiste Reling und fiel auf Deck. Der Sturm spielte mit ihm, ein Dämon in der Dunkelheit. Über ihm erhob sich das Gerüst der Tarnung, der nachgemachte Eisberg, von dem er hoffte, daß er ihnen Schutz vor Luftangriffen bieten würde.

Gerade vor ihm schimmerte ein schwaches Licht von der Brücke. Sonst lag alles im Dunkeln. Keine Geräusche außer dem Wind und dem berstenden Eis. Eagle stand auf, hielt sich an der Reling fest und arbeitete sich auf das Licht zu. Wenn nur nicht zu viele von ihnen auf der Brücke waren.

Sie waren zu zweit: ein Mann am Ruder, und in einer Ecke der dämmrigen, verglasten Brücke beugte sich ein Offizier über eine Karte. Er rauchte eine Pfeife und sah furchtbar gelangweilt aus.

Eagle nahm die Gaspistole aus dem Halfter. Er hakte eine Granate, eine gewöhnliche Splittergranate, von seinem Gürtel. Dies war ein kolossaler Bluff. Er stemmte sich fest, hielt sich an der Sicherheitskette, die man an der Leiter befestigt hatte, und spähte noch einmal auf die Brücke. Er suchte sich den Mann aus, der sterben mußte.

Eagle schob die Tür auf. Der Wind heulte und schob ihn fauchend hinein. Eagle schloß die Tür. Der Mann am Ruder sah ihn kurz an. Der Offizier, der die Karte las, nahm die Pfeife aus dem Mund und starrte. Sie rechneten nicht im Traum mit dem Ernstfall, und ihre Reaktionen waren langsam. Es klappte. Chaos und Verwirrung in der Stadt unter dem Eis, deshalb hatten sie die *Lenin* noch nicht gewarnt.

Eagle erschoß den Mann am Ruder. *Pschhhh* –

Der Offizier starrte ihn gelähmt vor Schreck an. Eagle hielt die Granate hoch und fuhr auf russisch fort, wobei er jedes Wort mit Drohung vollpackte.

»Dies ist eine Atombombe! Sie kann uns alle im Bruchteil einer Sekunde in Fetzen reißen. Ich habe den Mann getötet, um Ihnen zu zeigen, daß es mir ernst ist. Wenn Sie gehorchen, werde ich Sie verschonen. Niemand wird verletzt, wenn Sie gehorchen. Ich spreche und verstehe russisch, wie Sie sehen. Rufen Sie den Maschinenraum. Alle Maschinen stop. Jetzt!«

Der Offizier gehorchte. Er griff nach dem Signalgeber und drückte ihn auf »Halt«. Seine Augen schossen zwischen Eagle und dem Toten am Steuer hin und her. Eine Blutlache begann sich zu sammeln, und das Licht glitzerte auf dem Stahl in der Brust des Mannes.

Die *Lenin* wurde langsamer und hielt. Das Steuer bewegte sich nicht mehr, als das Eis sich um das Ruder schloß. Eagle deutete mit der Pistole auf die schwere Kleidung des Offiziers, die an einem Haken hing. »Ziehen Sie sich an und kommen Sie mit. Schnell!«

Die *Lenin* lag jetzt vollkommen still und vom Eis umschlossen. Der Sturm riß an ihnen, als Eagle den Offizier vor sich über das Deck schob.

Er konnte den Notausstieg nicht sehen, aber seiner Berechnung nach mußten sie nahe daran sein. Vielleicht fünfzig Meter nördlich. Pridwell hockte den Anweisungen entsprechend im Schutz des Ausstiegs und spähte nach draußen, um Eagles Signal nicht zu übersehen.

Eagle drückte den russischen Offizier gegen die Reling. »Bleiben Sie so. Nicht umdrehen.«

Er nahm das Magazin aus der Pistole und setzte eine Leuchtkugel aus seinem Gürtel auf.

Er wartete darauf, daß der Wind nachließ. Vergeblich. Da

schätzte er und feuerte die Leuchtkugel in die ungefähre Richtung des Notausstiegs.

Ein roter Fleck leuchtete kurz im arktischen Weiß auf und verschwand. Eagle setzte das Magazin wieder in die Pistole und wartete. Er betete ein wenig.

Eine Minute verging. Eis stöhnte und raspelte gegen das kleine Schiff. Eine Ladung Schnee und Eis schlug ihnen ins Gesicht. Eagle spähte in den Sturm und fluchte. Nun mach schon, Kleiner, mach schon!

Pridwell stolperte auf die *Lenin* zu und zog Prokowitz hinter sich her. Pridwell fiel. Kam wieder hoch. Ging weiter. Eagle, der nie schnell zu begeistern war, hätte am liebsten gejubelt. Der kleine Bastard hatte es geschafft!

Eagle stieß dem Russen die Pistole in den Rücken. »Klettern Sie die Kette runter und helfen Sie ihm. Legen Sie die Kette um den anderen Mann, um den Kranken. Versuchen Sie nicht, wegzulaufen, sonst erschieße ich Sie. Sie würden sowieso erfrieren. Haben Sie mich verstanden?« Er stand dicht neben dem Mann und schrie ihm ins Ohr. Das Gesicht des Russen war von der Maske verdeckt. Er nickte.

Der Offizier glitt an der Kette hinunter. Eagle richtete die Pistole auf ihn und wartete – wenn der Mann weglaufen wollte, würde er es wahrscheinlich schaffen; aber er versuchte es nicht. Eagle begann, Pridwell Anweisungen zuzurufen, gab es aber auf. Der Wind zerriß die Worte zu Fetzen.

Pridwell verstand ohnehin. Er half dem Russen, die Kette um Prokowitz zu legen, machte Eagle ein Zeichen, und der wiederum bedeutete dem Russen, an der Kette hochzuklettern. Der Mann gehorchte; Eagle befahl ihm, zu ziehen.

Der Mann war stark – und verängstigt. Prokowitz' schlaffer Körper kam an der Bordwand hoch, der Plastikanzug bauschte sich wie ein Leichentuch. Mit Handzeichen befahl Eagle dem Russen, Prokowitz loszumachen und die Kette für Pridwell hinunterzuwerfen.

Pridwell fiel über die Reling wie eine Puppe, die ihre Füllung verloren hat. Seine vor Müdigkeit und nervöser Erschöpfung trüben Augen starrten Eagle durch die Löcher der Maske an. Eagle konnte ihm keine Gnade gönnen. Noch nicht.

Er trieb sie alle in die Wärme der Brücke zurück. Der Russe

trug Prokowitz. Kaum drinnen, riß Pridwell sich Kapuze und Gesichtsmaske herunter. Er keuchte, die Augen quollen ihm aus dem Kopf. »Ich bin fertig«, sagte er. »Sie müssen mich ausruhen lassen, Mann!«

»Nein«, sagte Eagle. »Halten Sie noch zehn Minuten durch. Sie müssen. Bleiben Sie bloß hier und behalten Sie diesen Mann im Auge. Wenn er eine verdächtige Bewegung macht, erschießen Sie ihn.«

Eine Maschinenpistole hing an der Wand. Eagle gab sie Pridwell. »Sie wissen, wie man damit umgeht?«

Der kleine Wissenschaftler grinste schief. »Himmel, nein. Ich bin ein Mann des Friedens. Oder war es wenigstens –«

»Ganz einfach.« Eagle prüfte das Magazin und entsicherte die Waffe. Er gab sie Pridwell und zeigte auf den Russen, der genau verstand, was vor sich ging.

»Alles, was Sie zu tun haben«, sagte Eagle, »ist, auf ihn zu zielen und den Abzug durchzuziehen. Sie schießt das ganze Magazin leer, und das wird reichen. Also – bringen Sie Prokowitz in die Ecke, decken Sie ihn zu, und dann vergessen wir ihn für eine Weile.«

Während Pridwell das tat, sprach Eagle erneut mit dem Russen. Er zeigte ihm wieder die Granate, die gewöhnliche Splittergranate, was der Mann aber nicht wußte.

Eagle sprach schnell und bündig.

Er sagte dem Russen, daß in der Stadt unter dem Eis eine weitere Atombombe versteckt lag, die um acht Uhr sibirischer Zeit in die Luft gehen würde. Der Mann sah schnell auf den Chronometer an der Wand. Kurz nach sechs. Er nickte.

Sie würden alle mit in die Luft fliegen, fuhr Eagle fort, wenn sie nicht machten, daß sie hier wegkamen. Der Russe nickte heftig.

Pridwell stand neben Eagle und sagte: »Ich weiß nicht, was Sie sagen, aber Sie scheinen einen Gläubigen aus ihm gemacht zu haben.«

»Ja. Was mir jetzt Sorgen bereitet, ist der Rest der Mannschaft. Dieser Mann hier ist keine Gefahr mehr. Aber halten Sie ihn im Auge. Töten Sie ihn, wenn er Schwierigkeiten macht.«

Pridwell richtete die Maschinenpistole auf den Mann. »Geht in Ordnung, mein Freund.«

Eagle bellte einen Befehl. Der Offizier übernahm das Steuer und läutete »Volle Kraft voraus«. Eagle legte einen Finger auf die Karte, und der Mann nickte. Der Bug der *Lenin* begann sich zu drehen, als sie schneller wurde. Durch das Junieis konnte sie sechs bis acht Knoten schaffen. Sie folgten der zerklüfteten Küste zurück zu dem Punkt, an dem er Wimpel und Leitsignalsender gelassen hatte. Mit etwas Glück konnte er das Gerät früher einschalten, als er gehofft hatte. Mit noch mehr Glück befand sich das U-Boot gerade in der Nähe.

Jetzt mußte er sich auf Pridwell verlassen. Er sprach ihm noch einmal Mut zu, klopfte dem kleinen Mann auf die Schulter und verließ die Brücke. Sein Glück war bisher außerordentlich gewesen. Wenn es ihn nur nicht im Stich ließ.

Der Offizier hatte gesagt, daß die Mannschaft aus zwölf Männern bestand, er eingeschlossen. Einer lag tot im Steuerhaus. Blieben noch zehn. Vier Ingenieure und sechs Matrosen.

Mit der Gaspistole in der einen und dem Messer in der anderen Hand lief Eagle schnell die Treppen hinunter und nach vorn. Gelbes Licht kam aus dem Mannschaftsquartier. Eine Luke, der einzige Ein- und Ausgang, war an der Wand festgehakt.

Eagle spähte durch einen engen Niedergang in die Kajüte. An einem Tisch spielten einige Männer Karten. Andere schliefen. Einer las in seiner Koje. Eagle zählte. Sechs. Richtig.

Er warf die schwere Luke zu und schob den massiven Riegel vor. Geschafft! Drinnen hörte er einen Aufschrei, dann wurde gegen die Luke gehämmert.

Eagle rannte bereits zu einem anderen Niedergang. Er hatte ihn auf dem Weg nach vorn bemerkt. Eine eiserne Leiter führte nach unten. Das Maschinengeräusch drang heraus, mit dem Geruch heißen Öls. Eagle schlug die Luke zu und schob den Riegel vor. Er hatte sie. Hatte sie alle. Wenigstens im Moment, und das sollte genügen. Es gab wahrscheinlich noch einen anderen Ausgang aus dem Maschinenraum, aber er rechnete damit, daß der russische Offizier seine Leute unter Kontrolle hatte.

Auf der Brücke gab Eagle knappe Befehle. Er zeigte auf das Sprachrohr und hielt die Granate hoch. »Ihre Männer werden jetzt überrascht und verängstigt sein. Sagen Sie ihnen, sie sollen ruhig bleiben und Ihren Anweisungen gehorchen! Wenn sie das nicht tun, wenn sie versuchen, Widerstand zu leisten –«, Eagle hielt die Granate hoch und richtete die Gaspistole auf den Bauch des Offiziers. »Sie wissen schon!«

Der Mann rasselte einen russischen Redeschwall in das Rohr. Eagle hörte zu und prüfte jedes Wort. Ein wildes Fragengewirr kam zurück. Der Russe antwortete und bemühte sich sehr, seinen Anweisungen zu gehorchen. Er begann zu schwitzen. Eagle nickte, er machte seine Sache gut. Die Furcht des Offiziers, sein Entsetzen vor Eagle und vor dem Tod, ließen ihn den Rest der Mannschaft beherrschen. Er war der Vorgesetzte und tat, was Eagle wollte.

Die *Lenin* pflügte weiter durch das weiche Frühsommereis. Sie machten über acht Knoten. Eagle hatte die Wache und die Maschinenpistole übernommen. Pridwell lag neben Prokowitz, sah genauso tot aus wie er.

Der Sturm begann nachzulassen, die Sicht besserte sich; aber Eagle machte sich über Verfolger aus der Luft keine Sorgen. Sie blieben dicht an der Küste und bewegten sich zwischen Eisbergen, die gerade ihre Sommerreise begannen. Mit ihrer Tarnung konnten sie unmöglich gesehen werden.

Eagle bemerkte mit grimmigem Lächeln, daß der russische Offizier die Uhr nicht aus den Augen ließ. Eagle tat das gleiche. Er wußte nicht, was um acht Uhr sibirischer Zeit passieren würde. Er hatte keine Zeit gehabt, Suthina Wotanjas eigenartiges Verhalten zu analysieren. Sie war zurückgekommen, schon fast tot, hatte aber die Granate nicht bei sich gehabt. Hatte sie sie wirklich in einem der Gehirne versteckt – oder hatte sie aus irgendeinem Grund gelogen? War sie in den letzten Stunden überhaupt im Vollbesitz ihrer geistigen Kräfte gewesen? Die Spannung hatte sie vielleicht überfordert.

Eine Minute vor acht. Eagle wartete und beobachtete den Mann am Steuer. Eine Menge hing von der nächsten Minute ab. Wenn das Atomatron planmäßig explodierte, hatte Eagle sein Spiel gewonnen. Der Offizier, der schon jetzt eingeschüchtert war, würde dann seine eigenen Leute töten, wenn sie Schwierigkeiten machten.

Hatte sie wirklich gelogen? Hatte man sie durchsucht und die Bombe gefunden? War Oberst Sarkoff trotz aller Verwirrung und Aufregung in der Lage gewesen, einen Suchtrupp so rechtzeitig zu organisieren, daß er die Granate fand?

Zehn Sekunden. Dann würde er es wissen.

Die *Lenin* merkte es zuerst. Sie hob sich zitternd im Wasser, schlingerte, und ihre Platten beschwerten sich heftig.

Eagle trat zur Seite, die Maschinenpistole noch immer auf den Russen gerichtet, und sah zum Heck. Der Russe starrte ebenfalls nach achtern.

Die Wolke war niedrig und breit, von Rot, Gelb und Purpur durchschossen. Sie begann zu steigen und wuchs in der arktischen Dunkelheit wie ein überweltliches Nordlicht. Die Druckwelle wurde stärker und stärker, heulte und stieß den kleinen Eisbrecher, bis er gepeinigt ächzte und stark krängte.

Allmählich ließ die Wut der Explosion nach. Am endlosen Horizont kroch die Wolke unaufhaltsam höher, dünnstämmig jetzt, und ihre rauchige Farbe wuchs sich am Himmel zu einem Pilz aus.

Der Russe starrte Eagle an. Eagle hielt die Standardgranate hoch. Der Russe nickte. *»Da!«*

Der U-Boot-Kapitän, der unter dem Eis lauerte, hatte die Explosion registriert. Er war ein Mann, der auch in Abwesenheit spezieller Informationen in der Lage war, zwei und zwei zusammenzuzählen. Die *Lenin* wartete erst etwa vier Stunden am Treffpunkt, als das U-Boot durch das dünne Eis einer *polinja* stieß. Pridwell schlief immer noch. Prokowitz war immer noch am Leben. Das U-Boot ging längsseits, eine mit Maschinenpistolen und Handfeuerwaffen ausgerüstete Abordnung wurde an Bord geschickt. John Eagle atmete tief und langsam aus.

Die Kanonen der *Lenin* wurden vernagelt und sämtliche Munitionskisten über Bord geworfen. Die Mannschaft wurde heraufgeholt, durchsucht und wieder eingesperrt. Der Funkraum wurde zerstört.

Die Erschöpfung begann Eagle endlich zu übermannen. Er hatte zu lange von seinen Reserven und seinen Nerven gezehrt. Nicht mehr lange, dann würde er 36 Stunden an einem Stück schlafen.

Er lag im Krankenzimmer und warf einen letzten Blick auf Prokowitz, als der Kapitän über die Sprechanlage nach ihm rief. Die Turmluke stand immer noch offen.

Eagle kletterte die Leiter hoch. Der Kapitän zeigte auf etwas Undeutliches am Horizont. Zweihundert Meter weiter lag die *Lenin,* vom Eis eingeschlossen, und sah verloren und verlassen aus. Der Kapitän gab Eagle sein Fernglas. »Sehen Sie selbst! Es ist nicht möglich, und doch ... Sie haben gesagt, Sie hätten den

Hund zurückgelassen, nicht wahr?«

Es war unmöglich. Eagle nahm das Fernglas. Er hatte Thur mit einem Nahrungsvorrat in der Eishöhle zurückgelassen. Mehr hatte er für das Tier nicht tun können. An ein Zurückkommen, um ihn zu holen, war nie zu denken gewesen.

Thur war immer noch drei Kilometer weit weg. Er lief, sprang und rutschte, hechelte, stolperte auf drei Beinen vorwärts, hipp-hipp-hipp-hopp, hipp-hipp-hipp-hopp, und seine Zunge hing ihm wie eine leuchtendrote kleine Fahne aus dem Maul.

Eagle behielt ihn im Fernglas. Thur verschnaufte auf dem Kamm einer Eisfalte, leckte sich einen Augenblick den Stumpf, glitt dann die Falte hinunter und kam auf das U-Boot und den Wimpel zu, der immer noch orangerot in der arktischen Dämmerung leuchtete.

Hipp-hipp-hipp-hopp. Fallen. Rutschen. Aufstehen. Hipp-hipp-hipp-hopp-hopp . . .

Thur war ihm gefolgt, durch einen arktischen Schneesturm. Selbst der Apache in Eagle konnte nicht verstehen, wie das möglich gewesen war. Aber das unverwüstliche Biest hatte es fertiggebracht.

Als gutes Omen konnte es nichts Besseres geben.

16

Mr. Merlin las die chiffrierte Telex noch einmal. Er fuhr seinen Rollstuhl zu dem Schachbrett, das in einer Ecke des großen, auf den Makaluhakrater hinausgehenden Raumes aufgebaut war.

Er war zufrieden. Zufrieden mit seinem Protoagenten. Aber er hatte nichts anderes erwartet.

Es war ein wenig unerfreulich, daß Boris Prokowitz wahnsinnig war, oder doch von Dr. Wotanja dafür gehalten wurde. Eagle hatte noch nicht viel darüber gesagt. Beim Schlußbericht würde er die Einzelheiten schon erfahren.

Mr. Merlin rollte zu dem großen venezianischen Schreibtisch und schlug eine Akte auf. Nachdem Ted Warburton einmal angefangen hatte, an der Prokowitz-Affäre zu arbeiten und in seinen Akten grub, hatte er ein paar erstaunliche Dinge ans Tageslicht befördert.

Mr. Merlin starrte mit schmalen Augen auf die Papiere in seiner Hand nieder. Wieviel davon war Gerücht, Hörensagen, völlig erlogen, Propaganda? Schwer zu sagen.

Der Schlüssel lag in Prokowitz' Arbeit. Der Mann war ein Genie, oder war es doch zumindest gewesen. Mr. Merlin wählte ein Blatt aus und las es noch einmal. Es war kaum zu glauben. Und doch geschah das Unvorstellbare Tag für Tag.

1956 war es Boris Prokowitz für sehr kurze Zeit gelungen, Magnetismus einzufangen, magnetische Kraft direkt aus der Luft zu nehmen und eine Maschine damit anzutreiben. Selbst sein Intellekt geriet ein wenig ins Wanken, als er an die Auswirkungen dieser Tatsache dachte. Fliegende Untertassen, UFOs. Maschinen. Wie immer man es nennen mochte, es war Prokowitz wenigstens einmal gelungen, eine Metallhülse, eine Art Maschine, ohne die Hilfe konventionellen Treibstoffs durch die Luft zu bewegen. Indem er die rohe magnetische Kraft des Kosmos bändigte.

Mr. Merlin schüttelte den großen Kopf. Wenn er es wirklich getan hatte, dann nicht lange. Boris Prokowitz hatte den Verstand verloren. Und das Geheimnis war mit ihm verlorengegangen.

Es war leicht verständlich, warum Boris Prokowitz nichts niedergeschrieben hatte. Im Rußland dieser Zeit war das die beste Lebensversicherung, die er haben konnte.

Mr. Merlin hob den Hörer eines Telefons ab und rief die Klinik an. Ja, Mr. Merlin, ja, Sir, alles war für den neuen Patienten bereit.

Der alte Mann rollte an das Schachbrett zurück. Vielleicht. Vielleicht auch nicht. Wenn Boris Prokowitz wahnsinnig war, und das seit mehr als fünfzehn Jahren, konnten dann *seine* Experten den Mann zurückholen? Schon allein aus diesem Grund bedauerte er, Dr. Suthina Wotanja verloren zu haben. Sie hätte es vielleicht geschafft. Zu spät. Darüber hatte Eagle ebenfalls nur sehr dürftige Angaben gemacht.

Mr. Merlin streckte die Hand nach dem Schachspiel aus, hob einen weißen Springer und zog damit. Er lächelte zufrieden.

»Schachmatt«, sagte Mr. Merlin.

Und dann, weil er ein fairer Mann war und ein vorsichtiger, fügte er hinzu: »Na ja, oder jedenfalls doch: Schach!«